JN240361

飽きる美学

横尾忠則

実業之日本社

飽きる美学

はじめに

「絵を描くのに飽きた！」

と言ったり書いたりしたもんだから、「エエーッ」と驚いた人がずいぶん沢山いたのに驚いた。驚いた人達の多くは、この「飽きた！」という言葉にえらい新鮮さを覚えたというのです。

「飽きた！」がそんなに新鮮なのかな？

だって僕は３歳からずっと88歳になるまで絵を描いているんですよ。だから飽きて当然じゃないですか。

ところが、僕が絵を描くのに飽きたと言ったもんだから、「飽きた！」なんて面白いね。いや私も「飽きた！」と言ってみようと飽きたにインスピレーションを受けた何人かの小説家が急に言いだした。小説家だけではなくタレントまでが「飽きた！」と言いだしたのです。それは本当に飽きたのではなく、「飽きた！」というタブーとしての言葉に新鮮なイメージを感じたために、「いや、私も使ってみよう」と使いだしただけのことで、「飽きた！」意味など、どうでもよく、もしかしたら受けるかもとねらって使っているだけのことだと、僕のように本当に絵を描くことに飽きた人間から言わせると、彼ら、彼女らは全然飽きていないんです。「人生に飽きた」とか「生活に飽きた」とか、「生きることに飽きた」とか「職業に飽きた」とかウソばっかり言っているのです。

では飽きるとはどういうことだと思いますか。もう今の状態をこれ以上続けることは不可能だ。十分やりつくしたという境地に達した。あとは死ぬしかない。三島由紀夫さんの死は結局生きることとの意味や必然性がなくなった結果だったのかもしれませんね。つまり人生に飽きたわけでしょう。

「人生に飽きた！」なんて軽く言う人は、本当は飽きていないんです。「飽きた！」という言葉に惚れているだけのことで、死ぬ気などもうとうない人です。

では、僕が「飽きた！」というのは、絵を描くアイデアが、ちょっと固執しただけのことです。本当に飽きたなら、止めればいいのです。または死ねばいいんです。絵でいえば飽きるということは完成してしまったという悟りに似たつまらなさのことです。でもここからが面白いのです。飽きてからがいよいよ本番なのです。飽きるということは何かというと、自由になったということです。飽きない間は不自由なんです。自由が見つからないから飽きないのです。

僕が「飽きた！」と言った瞬間、「飽きた！」と「自由」は同意語だということに気がついたのです。「飽きない」ということは何か制度のような社会常識に縛られていたのです。ある種の制度から解放されて自由になった途端、人は「飽きる」のです。つまり「飽きる」ことから全てが始まるのです。

まあ僕的に言えば、「飽きた！」状態で描く絵はどんな絵なのか、それを見てみたいという好奇心があるのです。ここからが「飽きる」始まりなんです。つまり「飽きる」というのは無意識行為なんです。意識して飽きるのではなく、気がついたら飽きていたのです。「気がついたら、こんなんができてましたんや」というのが「飽きる」美学なんです。浅田彰さんが僕の作品は「無意識の底が抜けている」と言いました。つまり底が抜けないと「飽きた！」とは言えないんです。無意識の底が抜けるということは他力と自力が一体化したことではないかと思います。

他力と自力の一体化は死とギリギリです。三島さんはこの他力と自力のギリギリに自分を追いつめて、やっと生きることに飽きて死んでしまったのです。三島の死を解明しようと躍起になっている人がこれからも沢山でてくるでしょうが、他力と自力の一体化は三島流にいえば霊性です。霊性は言葉では説明できません。それは霊性イコール徳だからです。「飽きた!」ことは無意識の底の抜けた隠徳です。

目次

第二章
何も考えず、何も求めない

第三章

病気と健康はなるようになる

第四章
生と死に
境目はない

第五章 猫という不思議な存在

第六章
芸術とは

第七章
人生は

ずっと遊び

本書は、「週刊朝日」連載「シン・老人のナイショ話」二〇二一年一二月一〇日号～二〇二三年六月九日号掲載分を再構成したものです。読みやすさを考慮して一部体裁を整えたほか、明らかな誤植は訂正しています。

第一章
あるがままに生きる

役に立たないことが役に立つ

「老親友のナイショ文」がセトウチさん（注：故・瀬戸内寂聴）の突然の旅立ちで二人の往復書簡が終止符を打たれることになりましたが、タイトルが「シン・老人のナイショ話」（「週刊朝日」連載時のタイトル）にリニューアルされて連載を継続することになりました。

さて、誰に宛てて何を語ればいいのか、実は困っています。残された僕としても、残された時間がそんなにあるわけではありません。だからこの現世の見納めひとり旅に出掛けるつもりで、その時ふと思ったこと、ふと考えたこと、ふと直感したことを書いてみようかなと思っています。

旅といっても肉体を移動させる旅ではなく、過去の人生を望遠鏡で眺めるように、ピントの合ったところに焦点を合わせて、どうでもいい、役に立たない話などをダラダラ書いてみたいと思います。僕の仕事は美術ですが、すぐ役に立つようなものではないと思います。人間は役に立つことばかりを求めて、その結果、文明を築き上げて、「なぜ？　なぜ？」という質問を連発した結果、その答えを出そうとした科学者は核を作ってしまいました。人間の好奇心の追求の結果の結論が人類を死に追いつめてしまうような恐ろしい悪魔を出現させることになってしまったといえば、いい過ぎでしょうか。

さて、こんな深刻な終末的な話をするつもりではなかったのです。役に立たないことをすることが、むしろ役に立つのではないかということを話してみようと思っていたのです。そこで美術の話になります。美術は実に不思議な道具です。お腹がすいたからと言って、絵具を食べるわけにもいかず、描いた絵のリンゴが食べられるわけでもありません。でも絵を鑑賞する人は、絵には味覚を満たす機能などないということはよく知っています。描かれた絵の中をあちこち旅をするようにして絵を愉（たの）しんでくれています。

よく絵は誰のために描くのか？　という質問を受けます。ハタと困ります。誰のためかな？　自分のためかな？　世のため、人のためかな、そんな大袈裟なものでもないですね。絵で世界を変えよう、革命を起こそうと考えるプロパガンダ的な美術家もいなくはないですが、僕のやっていることはもっと小さいことのようです。いくら考えてもわかりませんが、時々、なんでこんなアイデアが浮かんで、こんな表現をとるのだろうと疑問を抱くことがあります。描き上ってから、「こんな絵が描けてしもうた」と思うことがあります。自分で描こうと思って描いたとも思われない絵が描けてしまったということは何度もあります。そういう時、フト思うのは、この絵のアイデアや表現のインスピレーションがやってきた源泉のことです。そんな時に思うのが「誰のため」です。

そこで僕はこの絵を描かせた他力の存在をフト想うのです。ではその他力にお礼を言うべきではないかと考えます。そこで初めて気がついたのです。この他力に対して奉納するために僕は絵を描いたのではないかと。よく神社などに行くと巫女さんが鈴などをシャンシャン鳴らしながら踊る光景を見ますよね。あの巫女さんの舞いは神への奉納です。それと同じようなことを僕はしている様に思うのです。

自分のために描いているんだ、と言えばそこにどうしても自我が介在して我欲がでてしまいます。世のため、人のためというのもどこか傲慢に聞こえます。そこで神への奉納といってしまえば何かすっきりするように思います。「誰のために描くか」という僕の答えはインスピレーションを与えてくれた源泉のためということにしましょう。

ここで話を冒頭に戻して、「シン・老人のナイショ話」について話します。前回までの「老親友」はセトウチさんがいてくれたので、このタイトルは成立したのですが、ひとりになって「老」という文字には抵抗がありました。85歳といえば立派な「老」に違いないんですが、「人にはいわれたくないよ」という気持が僕の中にありました。でも、もしこの連載が継続すると、ほっといても自他が認める老人になります。今年より来年の方がもっと老人になります。あと2～3年もすれば立派な自他共に認める老人になります。だったら将来を先取りして、早々に老人といってしまおうと考えて「シン・老人」としました。

「シン」と入れたのは「シン・ゴジラ」のパクリです。なぜ「シン・ゴジラ」と名付けられたのかはわかりませんが、「シン」は、新とも、真とも、心とも、神ともにとれて非常に多面性があります。このどうにでもとれる「シン」が気に入りました。確か故日野原重明先生が「新老人の会」というのを作っておられたように記憶していま す。その日野原先生の「新」が「シン」になったところに別の新しさがあるように思います。話はそれますが、僕は日野原先生の著書のほとんどを愛読していて、亡くなられたあとも、先生に私淑して勝手に僕の主治医になってもらっています。そんな訳で「シン・老人」になじんでいただければと思います。

僕は何か身体に異変を感じるとすぐ病院に行きます。病院を怖がる人もいますが、僕にいわせれば、自分を知ることを避けているんじゃないかと思います。自分の身体を探究することは、「自分自身は一体何者なんだ」ということを知ることではないかと思います。病院を怖がることはシンの自分を知ることを恐れているからではないでしょうか？　自分の身体を知ることで自由のキャパが拡がります。

無理に若返ろうとせずにほっとく

この間、新聞で面白い記事を見つけました。18歳から25歳の男女それぞれ200人に「人生の時間割」と題して、「何歳で結婚して、何歳で子供を産んで、何歳まで働いて、何歳まで生きたいか」という生涯におけるイベントの調査の結果が出ていた。

ヘェーッ、人生を限定する生き方に興味があるんだ、と驚きました。人生百歳時代といわれる長寿社会に対峙（たいじ）する若者の寿命年齢に興味を持ちましたが、日本人の平均寿命、男性81・64歳、女性87・74歳に対して、理想の寿命は男性81歳、女性78歳と、男性はほぼ同じだが女性はかなり下回っています。これが若者の現実意識だとすれば、社会の見通しとかなりずれています。個人的現実と社会的現実がズレているのは、政治が常に国民の意識とズレているように「現実」はいつも世論とズレています。そこを露出するのが実は芸術なんですがねえ。

ところで僕が言いたいのは、そんなことではなく、自分の人生計画に対して具体的なビジョンを持っていることです。僕に言わせれば、毎日が未知との遭遇だという人生に対して、計画を持つということです。計画のない生き方を批判するのは、これも社会の側の人間の発想ですが、人生って、そんなに計画通りに行くもんですかね。そりゃ計画通りに生きられればそれに越したことではないけれど、大方は現実が計画をつぶしていくもんです。だったら計画など立てない生き方を選んだらどうでしょう。

計画を立てない生き方は運命に従う生き方だから、明日何が起こるかわかりません。起こっても、「これがワタシの選んだ道」だと思って受け入れるしかないという生き方です。然し、何が起こるかわからないことを恐れる人は、自分の計画に従って下さい。何が起こっても「面白いやんけ、どうせ人生は冒険なんだ」と思う人は運命に従って下さい。

計画通りに生きた代表選手は三島由紀夫です。三島さんが携帯している小さい手帖にはスケジュールがビッシリ書き込まれていました。旅をしても、何時何分にホテルを発(た)って、ディズニーランドで、何時まで、何時にホテルで取材を受ける。それだけならまだいい、何時に最後の原稿を取りにくるよう編集者に指定して、何時に家を出て何時に市ケ谷の陸上自衛隊市ケ谷駐屯地へ到着して、何時に何を、と死ぬ日時も決定する生き方。同じ計画通りに生きるならここまで徹底すればお見事というしかない。

こんな自己を限定した生き方のできない僕は、最初から計画を立てない。自分の中に計画を立てる童(わらべ)がいて、小石を積み上げると、そこに、やはり自分の中に棲(す)みついている鬼がやってきて金剛棒で小石の塔を壊してしまう。自分の中に創造と破壊の悪魔のような存在がいることを知っているので、僕は計画的生き方よりも、行きあたりばったりの偶然という運命に従う生き方を子供の頃から運命づけられていることに気づいていた。第一出生そのものが、本来の計画からはずれて、養子になる運命だった。

その後の生き方も自分の意志に従うよりも、他動的な状況に従うことが大半だった。そして、その方が便利がいい、余計な努力も必要ない。相手と環境が自然に自分をしかるべき路(みち)に導いてくれることを、本能的に知覚認識していったように思う。従ってチャンスオペレーションという偶然を媒介にした芸術行為のような人生路線が引かれているように、何んとなく察知してしまったどこか他力まかせの生き方を選択してしまったように思う。全く非計画的な「計画」だ。

三島さんに言わせると僕のような「偶然な生き方をする人間はアプレゲールだ」ということになる。と言う三島さんも心の奥でアプレゲールに憧れていたことを僕は知っていた。と同じように僕もどこかで計画への興味関心があるが、結局は創造vs.破壊のエネルギーによって計画をぶち壊してしまう。だから、現代の若者の計画的人生に対するビジョンにあきれると同時に、ヘェー、難問に対峙するんだなあと、感心してしまうのである。

しかし、老齢に達すると、計画は立てにくい。立ててもそれを壊すのは肉体である。老齢の生き方は、自然のなるようにまかせるしかない。死に抵抗して若返ろうとしても自然の摂理が許さない。「ほっとく」生き方、つまり運命におまかせしかない。

80代の高齢にかかると、自分でありながら自分でない不思議な感覚に襲われる。若い頃の運命は「来るもの拒まず」だったが、この歳になると、体が知力より先に拒んでしまう。僕が絵を描くのに飽きたというのも、自分の肉体からのメッセージである。肉体は引退したがっているのに、その肉体とズレている妙な好奇心がまだ残り火に風を送ろうとしているらしい。

そんな好奇心に対する好奇心もすでに僕の中にはないというのに。

老人は好奇心なんて持たなくていい

飽きた！　絵を描くのに飽きた。３歳から描き始めて82年間、ほぼ毎日のように描いている。なぜ飽きたのかわからないけれど飽きたのである。

ところがニーチェは飽きるのは自分自身が成長し続けている人は常に自分が変わるから飽きないという。「そうかな？」　僕はもともと性格が飽きっぽいから、作品を描いても次々変化する。同じ作業が長く続かない。すぐ飽きるので、常に変化してしまう。変化するからまた描く。ニーチェは飽きるのは成長が止まったからだと言いたいようだ。人間は、ニーチェの言うようにそんなに成長を目的に生きているとは思わない。人間はもともと生きるのに目的など持つ必要がないと思う。

ニーチェのいうように成長し続ける必要はあるのか？　彼のいう成長って一体何なのか。高い段階に発展して長足の進歩を遂げて一人前の状態になることか。このように社会的に成功する人間のことを言っているとは思わないけれど、進歩することを言っているのだろう。だけど人間はいつか成長が止まるというか、別に成長を目的とする必要のない人生観を持つ時が来るはずだ。ニーチェのように人間として成長を続けている人は、自分が常に変わるのだから飽きないといっているのである。ああ、シンドー。ニーチェは生を肯定する人だが、彼は55歳という若さで死んでいるので、老齢の人間の変化は知らない。まあ55歳ぐらいまでは成長を目的とした生き方でいいかも知れないけれど、85歳にもなると、長い間やってきたことに飽きてもおかしくない。むしろその方が自然の摂理ではないかと思う。

この年齢になってもまだ成長を視野に入れて生きる人もいなくはないかも知れない

が、むしろ飽きる方が自然体であると思う。飽きてのちの変化の止まった人生の味わい方の方が楽しいのではないだろうか。飽きないで老後をつっ走る人生を送る人もたまにいるかも知れないが、むしろニーチェの反対の生き方の中にこそニーチェのいう生の肯定があるように思う。

セトウチさんのように、百歳を目前にまだ長篇が二、三本書けそうな気がするとおっしゃる意欲的な作家もいます。さらに、生まれ変わっても今生(こんじょう)と同じ人生を反復したいとも。それこそ、よう飽きませんねえ、と言いたいところであるが、果たして向こうでも執筆されているのだろうか。僕の描くのが飽きたという話は、往復書簡でも何度か、セトウチさんの「百歳、百歳」にはかなわないとしてもかなり連発してきたので読者の中にはまた始まったかと思う人もいらっしゃるかも知れませんが、年寄りは同じことを何度も何度も語るものです。ニーチェに言わせれば成長が止まって変化がないと叱られるかも知れませんねえ。

飽きたから絵を描くのを止めたわけではない。「飽きた、飽きた!」という気分で飽きた絵を描くとどういう絵になるんだろう、というケッタイな好奇心もある。老齢になって好奇心などは持たない方がいいに決まっている。好奇心も意欲も、変な欲望もなく、ぼんやりと日向ぼっこをするような生き方こそ老齢の贅沢な生き方ではないだろうか。まるで人生にも飽きたような生き方である。飽きた生き方は諦念の思想である。生きることに飽きて死んじゃった三島さんに、死なないで『豊饒の海』のあとに諦念小説でも書いていただきたかった。

画家でこういう人は誰だろう。マルセル・デュシャンは、美術家になる前から美術に飽きたような作品を作ってきた。その作品は変化の連続で、ニーチェ的に言うなら、成長の連続だから飽きたとはいわないかも知れないが、言葉的には飽きたコンセプチュアルアート（観念芸術）ということにならないかな。イヤー、それにしても飽きるということは素晴らしい生き方ではないだろうか。老人になればみんな何かに飽きて成長が止まる（ニーチェ）そうだから、人生はこれからだと思いましょうよ。

僕は文学の知識はうといので、飽きた小説は余り知らない。井伏鱒二の「山椒魚」なんて小説は小説に飽きた人の書く小説ではないでしょうか。深沢七郎さんや森鷗外の「寒山拾得」なども諦念の文学って感じがしないでもないが、ここはやっぱり嵐山光三郎さんの博識に頼って、本誌の「コンセント抜いたか」でぜひどんな作家のどんな小説が諦念小説か、内外の作家のこれという作品をぜひご紹介していただければ大変嬉しいと思いますが。僕が現在嫌々描いている「寒山拾得」シリーズは、さしずめ諦念絵画ではないかと思うのですが、ここにはニーチェ的成長の止まった痕跡が見えるかどうかは、鑑賞者にゆだねるしかない。

飽きる反対は、意欲だと思うが老齢になって、まだ意欲があるなんて見苦しい。むしろ今やっていることを減らす生き方の中にこそシン・老人の生き方があると思うんですが、どうでしょうね。

人間の一番の幸せは、何もしないこと

「描くのに飽きた！」というのは僕の口ぐせですが、もうひとつの口ぐせは「嫌々描く」ということです。描くことに飽きたんだから、当然嫌々描くことになりますよね。

3歳から今日まで絵ばかり描いていたらそりゃ飽きるし嫌になります。飽きっぽい性格の僕にしたらよく82年間も続いていると感心するのは、これしかできないからだと思いますね。もう習慣というかクセですね。よくいつから画家になったのかと聞かれますが、やっぱり絵を描き始めた3歳から画家だったと思いますよ。

ですが、最近思うんですが、飽きたからこそ、また嫌々描いているからこそ、今まで絵が描けたのかも知れません。かつて絵が面白くて愉しいなんて一度も思ったことはありませんね。何んだか面倒臭いことをしているなあ、といつも思いながら描いていました。それはきっと、いい絵を描こうという煩悩に振り廻されていたので本当の愉しみを味わうことができなかったんだと思います。もっといい加減に描いていたら、もしかしたら愉しかったかも知れませんが。

そして今、80代の半ばになって、やっと、絵の描ける境地になったかなと思っています。その境地というのは、悟りを得たというのではなく、「嫌々描くことに飽きた」境地です。別の言い方をすれば、「タカが絵じゃないか、そんなに一生懸命になることもないぜ」という内なる声に従う気になったからです。そうすると制約が失くなります。人のためでも世のためでも、まして自分のためでもない、この前、書きましたよね。インスピレーションを与えてくれた源泉のために描くと。別の言い方をすると画家は神社に舞いを奉納する巫女みたいなものです。

でも一番いいのは絵も描かない、何もしないことだと思います。『菜根譚』では「世の中は、出来るなら何もしないほうが人間は幸せである。ひとつのことを起こせば必ずひとつの害がともなう」と語っています。無為でいることほど有為かも知れませんね。僕は絵を描く時、いつも無為になるよう心がけています。余計なことを考えないことです。絵を描くのは頭ではなく肉体の思うままにまかせるのが一番いいと思っています。でないと考えに左右されると迷いを生じさせるだけです。だから絵を描く時は頭の中を空っぽにするというのはそのためです。

ところが現代美術の最先端の作品は、考えて考えて、これ以上考えられない究極の観念を作品にします。僕のやっていることと対極の芸術です。こうした観念芸術があるから僕の作品が存在するんだと思います。僕の作品は思考や思想を伝えようとは思いません。どちらかというと作品のテーマ（主題）などどうでもいいことです。何を描くかではなく、如何に描くかという思念が発散するエネルギーが絵だと思っているんです。エネルギーは何かを伝えようとする目的ではなく、無目的な無為な行為の中から生まれるものだと思います。

だから、僕はアトリエでいつもソファーに横になって、ぼんやりしています。昔、禅寺に参禅している時は座禅三昧だったですが、座禅をすると急に頭の中にあれこれ雑念が去来して、頭が爆発しそうになるほど、次から次へと考えに襲われます。すると老師がやってきて、「ほっときなさい」といいます。雑念を追っかけないで、見過ごしなさいと。これってなかなか技術がいります。まあ雑念を吐き出すだけ出してしまえば考えはなくなると。実際生きている以上考えがなくなることはありません。だけどストップをかけることはできます。考えがなくなった時に初めて到達する境地があります。その瞬間をキープすれば、考えないで済むことになるらしいのです。

つまり、子供が夢中になって遊びこけている状態です。絵は幸い、この状態に入ることはできます。頭を空っぽ状態にすることです。考えている時、つまり頭を言葉で満たしている時は、この現世とつながっていますが、空っぽになった時は、宇宙とつながる。そうなると人知を超えた、というか知性や感覚を超えた霊性とつながる。三島さんは、僕にその境地を手に入れろとやかましく言いました。そのために礼儀礼節が必要だと。わかるようでわかりませんでした。三島さんは禅にさほど興味はなかったと思いますが、中国の禅僧の寒山拾得には興味があったようです。

どうでもいい話をするつもりが、こんな話になってしまいました。やっぱり絵が中心の生活をしていると、話があちこちと分散してしまいます。ひとつのことをじっくり考えることのできない性格になってしまっているのですね。ひとつのことを考えるよりも想像を多面化する方が考えが分散して、その内何も考えない空っぽの状態になります。するとその時初めて、創造的になれるんです。その辺は観念的に思考する小説家とは違うゾーンに這入(はい)るのかも知れませんね。

「諦める」「飽きる」は積極的なこと

嵐山光三郎さん、早速、諦念小説家（?）の森鷗外、井伏鱒二の二人の「寒山拾得」について、くつろいだ夜話をしていただきました。僕が寒山拾得を知ったのは蕭白、蕪村、友松、等伯、玉堂、山雪、大雅、蘆雪などの江戸の巨匠の水墨画からです。小説はほとんど読まないので鷗外の「寒山拾得」はずっと後に知りました。超俗の怪醜人物でその無気味さは常軌を逸していますが、そんな変なところに惹かれました。その理由はよくわからないんですが、怖い物見たさでしょうか。アカデミズムとかモダニズムとかを飛び越えたアンタッチャブルの世界です。

絵の世界では寒山拾得のモチーフは水墨画の世界の定番で、珍しくもなんともないんですが、文学の世界では森鷗外ひとり占めで、その後、井伏鱒二が書きますが、井伏は知識不足なのか寒山拾得の二人のキャラクターを取り違えています。こんなデタラメが文学では通用するんですかね。まあ寒山拾得はもともと、ひとりだとか二人だとか実に曖昧ですが、井伏みたいにどっちだっていいのかも知れません。第一、実在の人物かどうかさえ不明ですから。二人の人物の風貌は長髪ボサボサ浮浪者さながら、脱俗隠者、一卵性双生児、顔の区別もつかないが「寒山詩集」の編者・閭丘胤（りょきゅういん）の序では厳密に二人のキャラは区別されて、寒山は手に巻物、拾得は箒（ほうき）ということになっていますが、意外と井伏のデタラメさが本質だったりして。寒山拾得は虚像で、もしかしたら「理念」かも知れませんよ。

まあ、どっちにころんだって僕にはさほど関係ないことで、僕の絵のモチーフとしての寒山拾得は井伏以上にデタラメです。僕は寒山は持ち物の巻物をトイレットペーパーに、拾得の箒は電気掃除機に変えて、そこに文明を持ち込み、中国の文化大革命に一石を投じ（笑）、はたまた、二人に駅伝走者を演じさせたり、トリックスターさながらハチャメチャに縦横無尽に現代を搔（か）き乱しています。僕の絵の中での寒山拾得は、中国の唐の時代から現代の日本にタイムスリップして、あの唐の時代の寒山拾得ではなく、僕の中に棲みついた多様な多国籍寒山拾得に変装させてしまいました。

寒山拾得の資料がほとんどないだけに、どうでも解釈できます。そしてありとあらゆる側面で自由に暴れまくります。究極の自由とはカテゴライズ不可能な超人思想です。鴎外にちょっとぶら下った井伏の寒山拾得の他に、夏目漱石だったか、芥川龍之介だったか内田百閒だったかの小説にも、ほんと一秒か二秒、寒山拾得が、飯田橋界隈で見掛けたといって、チラッと登場します。現実の裂け目からヒョイと顔を出すのに丁度いいのが寒山拾得なんですかね。（あッ？　「芥川ですか」。鮎川さん（担当編集者）のシン・情報です）

そんな寒山拾得を僕は透明人間と考えています。時間、空間を超えて出現する寒山拾得のキャラは正に透明人間です。先日夢で僕は透明人間になって、夢の中の壁やドアを自由自在にすり抜けて、したい放題に暴れ廻る傍若無人な人間を演じました。夢そのものが透明的存在なのに、その透明世界の中でさらに透明人間になったのです。無意識的夢判断によれば、自由への渇望がこんな夢を見せたのかも知れません。夢の中の透明人間の僕は現実の物質的条件から完全に自由でした。夢そのものは常に受動的で夢の中で能動的な行動はなかなかできません。しかし、透明人間になった僕は何の制約も制限もない真の自由を獲得していました。

自由とは社会的制約に抵抗するだけではなく、自ら開放することで初めて自由といえると思います。先週、嵐山さんが井伏鱒二の「山椒魚」が岩に囲まれた空間の中で、成長して、この岩間から出られなくなった不自由な山椒魚の話をされました。僕もこの小説を読んだ時、閉所恐怖症になりました。この小説は肉体的小説が少ない中で、読者に肉体感覚を体感させました。以前、ある作家のインドを舞台にした小説を読みました。インドそのものが肉体的世界です。先ず五感を通して肉体感覚を体験します。だけどその小説は全く肉体が描けていませんでした。江戸川乱歩の「鏡地獄」も肉体的です。

絵画はその行為そのものが肉体的です。だから三島由紀夫のように、あえて、肉体を強調する必要はないのです。僕が絵に飽きたのも、肉体を酷使した結果です。だけど考えてみれば飽きることによって、さらに肉体の存在に気づくのです。諦念小説と呼ばれる森鷗外は、常に肉体を移動しながら執筆してきた作家です。僕の制作場所を変えたり、公開制作をすることと同じです。諦めたり飽きることは決して負の生き方ではない、むしろ積極的な生き方だと思うんですが、如何でしょうか？ 嵐山さん。

考えない、捨てる、何もなくなる

今週は書くテーマが失くなった。何もないというのはいいことだと思う。何かコトをすると、そこから派生して日常生活がややこしくなる。老子じゃないけれど無為自然がいちばん健康でいいにきまっている。僕はアトリエで何もしないことがある。することはあるのだが、何もしたくないのだ。

歳を取ると時間が過ぎていくのが早いので、ボーッとしているとアッという間に一日が終る。だから一秒でも無駄にしてはいけないと言う。残っている時間がないので、その残った時間を大事にして、何んでもいいから埋めてしまえ、と言っているように聞こえる。つまり無為な時間を作るなということらしい。でもそんな格言めいた言葉などに従わないで、終日ボンヤリする日が、日に日に多くなって、無為な時間をむさぼる快感がたまらなく、贅沢な気分になるということはどーいうことだろう。格言に反した間違った生き方をしているのだろうか。

よくスケジュールノートなどを携帯していて白紙のページを何んでもいいから次々と予定を入れて、真黒にしてしまう人を僕は知っている。未来の時間をどんどん侵略して、結局は死に至らしめているだけで、哀れな気がしないでもない。何もなすことがなければ読書をしろと学問好きの人は言うが、僕は昔から何々のための学問など大嫌いだったのであんまり読書はしてこなかった。読書は言葉だから、言葉を蓄積すればするほど、その蓄積した言葉に自由が奪われていくような気がしてならなかった。

美術の世界にコンセプチュアルアートという作風がある。これは考えて、考えて、これ以上考えられないところで、その考え、つまり言葉を作品に仕立てる。僕のいう無為とは反対の行為である。では無為は何もしないことかというとそうではない。有為に対して無為は、とことん考えない、捨てて捨てて、何もなくなる、そして無為に至る。そんな無為であれば為(な)しえないことなどないと老子は言う。常に無事のままいれば大事を起こした以上のものを手に入れると、また老子は言う。

いい絵を描こうと思わないことだ、と僕は常に自分に言い聞かせるようにしている。そのためにはキャンバスを前に、何もしないことだ。キャンバスを目の前にして、あえてキャンバスに描く絵のことを考えない。これはエサを与えられた犬が、「ヨシ！」と言われるまで、エサに手をつけない行為に似ている。何もしない、何も考えない、頭を空っぽにしたつもりでも白いキャンバスが頭の中に残像となって残っている。この状態はまだ無為になり切れていない。考えても、想像しても全く何も浮かばない状態に気持を持っていかないと、絵は描いちゃいけない。とにかく頭がチンパンジー状態になるまで、言葉のカケラも残してはいけない。言葉とアイデア（観念）がチラホラしている間は絶対絵は描いてはいけない。白紙、白痴状態になるまで無為無事を通すことができて初めて画家は画家になる。

何かを知っているという状態はまだまだダメ。何も知らない、アホであることを知ることができて初めて画家になれる。何も知らないということを知るのは最高である。知らないということを知らないのは病気である。その病気を病気として認識するから、その病気にならないのである。だから、この病気を病むということはない。だけどエライ人は、インテリは何も知らないということを知ることができない。画家はインテりを超えなければシンの画家になれない。つまり何も知らないということを知るから素晴らしいということになる。

ああ、シンドーと思って読んでおられると思いますが、画家は本当のシンの本当にならないと画家にならないのです。昨日描いた絵は、画家の足元にも及ばない、いわゆる世間いっぱんに「いいんじゃない」という程度の絵しか描けなかったのです。だから機嫌が悪く、今週の「シン・老人」のエッセイが書けなくて、その結果書いたのがこのエッセイですが、それは完全な無為になり切れていなかったためです。

担編（これは僕の造語で担当編集者のことです）の鮎川さんに、「書けない」とコールしたら、色々とアイデアを提案していただきましたが、どれもこれも書きにくいテーマばかりです。「俗受けする絵と、そうじゃない絵について」など、難しいテーマです。その内気分が乗れば、と思いますが、僕にとっては臨済禅の公案みたいで、答があってないような課題です。だから俗受けしようが、しまいが、そんなもんどうでもいいんじゃないですか、そんなわずらわしい問題に関わらないことです。ホットキナサイ、というのが、まあ、さしずめ僕の回答ということになるんですかね。

怠け者は運命におまかせした方が面白い

昔から気になることで、その実体がもうひとつわからないことがある。それは「運命」ということだ。手元の辞書を引いてみると、「人間の意志にかかわらず、身にめぐって来る吉凶禍福」とある。また「運命論」は「人生の一切は、あらかじめ決定されていて、人の力ではどうすることもできないという考え方」(岩波国語辞典)。

だったら、おまかせするのが一番いいことになる。だけど、この運命の論理がのみ込めてないと、そう簡単に「おまかせ」することができない。「おまかせ」した生き方のできる人を運命論者というらしい。

人は生まれて何歳頃から自分の運命について考え始めるのだろう。早い人もいるし、大人になってから気づく人もいるだろう。だけど気づいた頃にはすでに運命に逆らった生き方をして、それが思い通りにならないで、わが身の不幸を嘆き悲しんでいる人もいるはずだ。自分の生まれた家庭環境にまかせてしまった結果、いきなり人生のどん底に突き落とされたという人にとっては運命は非人間的な自然の法則としかいいようがない。

このように思い通りにならない現実に度々遭遇することで、その人は次第に非運命論者に変容していくに違いない。だから辞書に書いてあるような生き方をしたらとんでもない、破滅するしかないと決めつけてしまう人が大半かも知れない。

「人生の一切はあらかじめ決定されている」のだったら、その人生に抵抗しないで、身にめぐってくるあらゆる事象を受け入れるのが一番いいということになる。つまりこれこそが自然体ではないのか、ということになる。ここには個人の意志は介在しないことになる。妙な欲望や、野心や、願望や、執着に振り回される必要はない。だから、面倒臭いことはいっさいなく、悩みもない。へへ、のんきだねの世界である。そう考えると運命の想い通りに従う生き方は理想的ではないか。ほっとけば、なるようになっていくわけだから、こんな便利なことはない。人と競うことも、争うこともない。だって自分の意志にかかわらず、めぐってくるものに身をまかせばいい、ということだ。だけど、「吉凶禍福」というように、思わぬ不幸に巡り合ってしまうこともある。そんな時でさえ、事のなり行きに従えばいいというのだろうか。その時はその時で、色々関わってくる問題もありそうだが、一旦、運命にまかせた以上、運命に責任を取ってもらうくらいの覚悟はあった方がいいだろう、というぐらいの覚悟をして、初めて運命に従う必要があると思う。

運命に従うためには、それ相当の勇気が必要であると思う。運命によってあらかじめ自分の人生が決定しているなら、じゃ、それがどんな人生なんだ、じっくり、見てやろうじゃないか、というくらいの覚悟と勇気があるなら、一層試してみては如何なものであろうか。

お釈迦様だったか忘れたが、人の人生は前世から定まっているという。だったら、あくせくしないで、全身全霊おまかせした方が、面白いかも知れない。それが宇宙の法則なら、自分の肉体と精神を実験台にして、人物という存在を少し俯瞰(ふかん)して高みの見物をしては如何であろうか。何が何でも自分の意志通りに行動しなければ人間の自由はどこにあるのだという人は、徹底的に運命に逆らって生きていくのもいいだろう。むしろこのような生き方を希望する人の方が現代的なのかも知れない。

でも、僕みたいにメンドー臭いことはしたくないという性格の人間には、徹底した自由意志を通す自信はない。僕はどちらかというと運命論者的な生き方に近いのかも知れない。それは思想や哲学ではなく、ただメンドー臭いことはしたくないという、子供の頃からの甘ったれた性格によって、運命論者的になってしまったのかも知れない。ある意味では怠け者の生き方に近いかも知れない。もともと僕は自分の意志で、横尾家の養子になったわけではない。僕のあずかり知らぬところで、僕の運命のギアチェンジが行われたわけだから、考えてみれば、人のいいなりによって運命路線が定められたわけである。生まれた時からすでに運命のいいなりになってしまったわけだから、後に出合う様々な事象だって、半ば他者の意志によって左右されてきたわけだ。

もし、横尾家の養子になっていなければ、どんなもうひとつの人生が待ち受けていたかはわからないが、なるようになった結果が現在だと思うしかない。僕の場合は二通りの生き方があったはずだが、その生き方の一方を僕の意志によって選択したわけではない。これはお釈迦様だかにいわせれば「前生からの宿命ですよ」ということになるのかも知れない。

面倒臭いことはすべて他人任せ

自分で自主的に何か事を起こすというのが昔からどうも不得意、だからこのエッセイのテーマも毎回、担編の鮎川さんに課題を出してもらっている。こんな優柔不断な人間になったのも元を正せば猫可愛がりに溺愛された老養父母の育て方に原因があったのである。自分の腹を痛めた子供ではなく、「天から授けられた子やから」と言って右の物を左に動かすだけで、両親は飛んできて、何もかも全部やってくれたので自分で何かするということができなくなった子供として育てられたような気がする。そんなわけで面倒臭いことは他力本願に頼るという自力の欠如したクセのために今週も鮎川さんの「じゃ、郵便屋さんになりたかったというお話は如何ですか？」と振られたものだから、「ハイ、それで行きましょう」で郵便屋さんになりそこねた話でもしましょう。

僕にとって郵便屋さんは理想の職業だった。郵便物に表記された住所と宛名の家を捜して郵便物を配達すればいい。玄関の犬に吠えられることを我慢すれば、楽しい仕事だ。ただ面倒臭いのは高卒後郵政研修所に通う必要があったけれど、中学生の頃から郵便マニアだけあって全国の主要都市の名前はほぼマスターしていたし、郵便に関する知識は独学で学んでいたので、研修所などチョロいと思っていた。

高校に入学と同時に郵趣会というクラブ活動を結成したり、郵政省の管轄下にあった全国組織の郵便友の会を学校に誘致して全国の高校を対象に郵便を通じて他校との文化交流を図る母体を創設して地元の郵便局とも濃密な関係を作りながら、夏休みと正月休みは毎年郵便局でバイトとして働いていた。郵便局の内勤の仕事は主に都道府県別に郵便物を分類する作業であるが、現在のような郵便番号のない時代なので、県名を書かない郵便物も沢山あり、その都度係の局員が県名を捜すのだが、僕は将来のために全国ほとんどの主要都市名を記憶していたので、「おい、ヨコオ、象潟町（現にかほ市）は何県や?」「それは秋田県です」「下松市は?」「それは山口県です」という具合で即答できたので、この種の仕事ではえらい重宝がられたものだ。

　もはや郵便は僕の副業であった。郵便友の会の会長に任命されていたので他校との交流に出掛けたり、一方個人的にはハリウッドスターにファンレターを送り続けた。エリザベス・テーラーは僕の切手蒐集(しゅうしゅう)のためにと言って海外からのファンレターに貼られた切手を封筒からはがして沢山送ってくれたり、自分の近況を長文で語ってくれたりした。そしてその手紙やブロマイド、切手などが郵便友の会の全国紙に写真入りで紹介された。他にクラーク・ゲーブル、タイロン・パワー、エスター・ウィリアムズからもサイン入りのブロマイドが届いた。とにかく全身郵便屋さんである。郵便の合間に油絵を描く学校生活は、ある意味で学校のＰＲにもなった。もう僕の将来はほぼ１００％確定していた。郵便は僕の個人的現実を満足すると同時に社会的現実に於(お)いても何らかの貢献をしているようにも思えた。郵便屋さんは人と人の愛の交流を結ぶキューピッドの役割を果たしていた。また遠く離れた海外との文化交流の橋渡しをする外交的メッセンジャーでもあった。とかなんとか社会的理由をつけて、この郵便屋さんの仕事に僕はプライドのようなものを抱いて職業としても第一級であると自負さえ抱いていた。

ところが、学校側に突然、「郵便屋などになるな、ぜひ美大に進学しろ」というかなり強硬な意見というか要望を突きつけられ、ウムを言わせない状況に僕は追いつめられた。例によって他力に押された僕は学校側の意志に従わざるを得なくなって嫌々東京の美大を受験することになった。ところが状況は二転、三転していよいよ明日が受験という前日に上京していた美術の先生から受験を止めて郷里に帰ってくれという要求が突きつけられた。郵便屋を止めて美大へ行けと言ったかと思うと今度は受験を止めろだ。僕も優柔不断だけれど学校はもっと優柔不断だ。こうして理不尽な運命にかきまわされた僕は、郵便屋にも美大生にもなれないまま世間に放り出されてしまった。

郵便屋になりたいというのは運命に従ったのではなく、むしろ運命に逆らった意志だったのかも知れない。それが本来の運命路線に戻されただけの話だったのか。僕の運命の女神が郵便屋にも美大生にも反撥（はんぱつ）したのかも知れない。そして本来の運命に従わせるために印刷所に僕を就職させ、その後商業デザイナーへの道を用意して、45歳の時に画家に転向させた。今から思うとあの郵便屋さんへの10代の夢は一体何だったのだろう。今思っても謎の10代であるが、永遠の子供でいたかったのかも知れない。「今も手紙を書きますか」という鮎川さんの質問に対して、もう郵便屋じゃないからね、としか答えられない。

偶然は人生の終わりなき法則

夢は無意識の産物である。だから夢を記述することで無意識と顕在意識が合体して、シンクロニシティー（共時性）が起こると言ったのはユングだった。そんなことを知らずに僕は52年間、毎晩夢日記を書いている。そのせいか日常的に偶然の遭遇に面白いほど出合うことが多い。

そうして出合った連続的な偶然のエピソードをひとつ紹介しましょう。もう何年も前のことだけれど、宮崎県立美術館で個展をした時、宮崎市内に大衆演劇専門の劇場があることを知った。展覧会の合間に美術館の学芸員に僕の趣味を押しつけて、その大衆演劇を観に行くことになった。大衆演劇とはいわゆるドサ廻りの芝居のことである。小さな劇場には、われわれのグループ3〜4人の他に一般の観客もやはり3、4人。実に寒々とした客の入りである。

やがて幕が上って座長の口上が述べられる。若い座長は劇団澤村の三代目澤村謙之介である。舞台のかぶりつきの客席に座ったものだから、もろ座長と目が合ってしまう。口上が始まって、間もなくした頃、座長が突然目を丸くして、僕を指さして、「たった今、楽屋でテレビで観ていたその方があなたじゃありませんか」と客の僕に向かって言い出した。どうやら個展の情報番組がテレビで放映されたらしい。「いやあ、それにしても偶然ですね」と驚いているのは澤村謙之介さん。再び口上が始まったが、次に驚いたのは僕である。

なんでも宮崎に来る直前に公演していたのは西脇の健康ランドだったと口上。今度は僕が舞台の座長に向かって口上をさえぎってしゃべることになった。「座長さん、ちょっと待ってちょうだいよ。座長さんが公演したという西脇は僕の生まれ故郷で、僕は帰省する度に健康ランドへ行って、先ず風呂に入って食事をしながら芝居を見るのを習慣にしていたんですよ」と驚いて舞台の座長さんに叫ぶように話した。

「へぇーっ、西脇の方なんですか？　今日は偶然なことばかり起こりますね」座長の話は全て口上風に場内の他の観客にも語りかけるのであった。

大衆演劇の習わしとして舞台がはねると、役者全員が劇場の外に出て客を見送ることになっている。そこで僕は明日の美術館での公開制作に「ぜひ来館を」とご招待することにした。

そして翌日、金色のロールスロイスにチョンマゲ姿で運転する座長と一番弟子を連れて宮崎県立美術館の公開制作現場にやってきた。驚いたのは何も聞かされていない公開制作の見学者100人ばかりの人たちだ。座長も、まさかこんなに沢山の見物人の前にチョンマゲ姿でやってきた場違いに観客以上に驚いたようだった。こんなサプライズを演出したのは僕だったが、この夜は公開制作の見学者の多くが、劇団澤村の公演に足を運んだそうで、座長は大喜びだったようだ。

ここで話はガラリと変わって終戦後間もない頃、大阪の父の親戚の人がインチキ石鹸を売るためにチンドン屋を連れてやってきた。毎日わが家から鉦、太鼓、トランペットの鳴り物入りでチンドン、チンドンと出ていくのが死ぬほど恥ずかしかった。夜になると酒盛りが始まって騒ぎ立てる。父も大目に見て一緒になって騒いでいる。僕にとっては悪夢の数日間だった。

そして話は70年ほど飛ぶ。神戸の僕の横尾忠則現代美術館で数年前、急に澤村謙之介さんと再会したくなって展覧会のオープニングに出演してもらうことになった。公立美術館で大衆演劇を公演するのは前代未聞である。だからか座長は大変緊張しておられた。大衆芸能に興味を持つ僕は、さらに別の日にチンドン屋にも出演してもらうことになった。最初は学生のバイトかと思っていたが、全員大卒の歴とした、中には日本の大衆芸能の研究者もいて、インテリ・チンドン屋のプロフェッショナルである。

ここで再び僕を驚かす事実に遭遇することになった。大阪のちんどん通信社の社長が若い頃修行していた青空宣伝社の社長が戦後インチキ石鹸を販売していて、大阪の父の親戚がここのチンドン屋を連れて、僕の郷里に行った可能性があると知って、この偶然が再び70年後の僕を驚かすことになった。さらに、現社長の林幸治郎さん（チンドン屋）は、何と初代の澤村謙之介さん以後の方たちとも知人であるという事実が判明して、またまた、偶然の新情報を得ることになった。僕の生涯の初期から晩年の今日まで、時空を越えて偶然というシンクロニシティーによって不思議な運命の絆に導かれて僕はただただ驚いているしかなかった。夢と顕在意識のコラボレーションが、このような奇跡的な不思議を演出してくれたのである。チンドン屋↓澤村謙之介↓チンドン屋↓澤村謙之介と鎖のようにつながっていく、連続性はもしかしたら人生そのものの終わりなき法則ではないかと、そんな気がするのである。

白黒はっきりさせる生き方は苦しい

若い人達の間で今、「知らんけど」という関西でよく使う言葉が全国的に流行っていると編集部の鮎川さんから知らされた。ヘェーッと思ったが、そういうといつか石原慎太郎さんとしゃべった時、石原さんはしゃべり終わった最後に「知らんけど」と言われたのを思い出した。すると今までの話はそれほど確信に満ちた話ではなかった、まあどうでもエエ話だったのかな？　そんなにシリアスではなくカジュアルな話だったんだと。

関西では物事をあまりはっきり言わない風習のような土壌がありますね。その辺のことを「ええ加減」と呼んで、そのええ加減を特別に悪とも思わない。人とのつき合いもどことなくええ加減が理想の交際術になっているように思える。「知らんけど」もそういう人間関係から発生した言葉ぐらいに思っていていいんじゃないかしら。物事を白黒はっきりつける生き方はどうも息苦しい。若い世代の人が「知らんけど」と言うのも、どことなく曖昧にすることで、そこに生きやすさを求めているのではないだろうか、よう知らんけど。

僕は関西生まれなので、この「知らんけど」という言葉の感覚は頭ではなく体でよく感じている。「知らんけど」の他に僕が子供の頃から口ぐせになっていた「しゃーないやんけ」も、どことなく「知らんけど」と共通した諦め的なフィーリングがあって、一種の魔法の言葉かな？「知らんけど」、だったら探究してみようかという気持ちはいっさいない。「知らんけど」と言ってそこで打ち止めにしてしまう。それ以上深入りしない。そこで諦める。そして、「しゃーないやんけ」で終止符を打つ。

それ以上の欲望も野心も好奇心もない。それはそれでええのと違うか。一見、負の生き方のように思われるかも知れないが、妙な願望や意志を通して自我を正当化する生き方はシンドイ、それよりも諦めることで、自分に与えられる自然の恵みのような運命に従った方が「ええのとちゃうか」という生き方もあっていいのではないだろうか。運命に逆らってどんどん欲望を全うする生き方もそれはそれでいい。現代はむしろこのような生き方が肯定されているように思うが、その生き方についていけない者もいるはずだ。その時、天から聞こえてくる声が「しゃーないやんけ」である。「しゃーないやんけ」は今を肯定する生き方でどこかスペインの「ケ・セラ・セラ」とも共通するラテン系の態度にも通じるような気がする。どこかで努力を否定する諦めに近い、運命に従った方が便利でいい、その方がずっと生きやすい。そんな逃避的な生き方には逆にラテン系の刹那的な「今」の思想を感じる。この感覚は東京の人にはちょっと理解できないのではないだろうか。

僕が禅寺に参禅していた頃、自己を放下(ほうげ)しろとよく言われた。まあ一言で言うと自分に執着しないで自分を手放せ、そして諦めろということだ。禅に何も期待するなということでもあった。じゃ「しゃーないやんけ」でやるしかなかった。鈴木大拙は西洋の芸術家に禅の大きい影響を与えた。ジョン・ケージ、ナム・ジュン・パイク、一柳慧(とし)もジョン・ケージを通じて大拙の影響を受けている。しかし、その影響は大拙の論理からで、肉体がらみの修行で得たわけではない。観念としての禅で、大拙の思想の行為化である。そこには「しゃーないやんけ」の諦念の悟りはない。また、「知らんけど」の放下もない。逆に自我を肯定している芸術行為に思えてならない。

と、考えると、「知らんけど」も「しゃーないやんけ」の「思想」も、非常に深淵(しんえん)な禅の極致ではないのか。まるで寒山拾得だ。知らんけど。関西人にはどうもラテン系の血が流れているのでは。関西人はどことなくその日暮らし的な、陽気と明るさを特徴として、初対面でも受け入れてしまうという、警戒心があまりなく、実に感情に正直だ。そして今という瞬間に生きている。関西の芸人のジェスチャーを見ていると、肉体と言語が一体化しているように見える。例えば、明石家さんまや笑福亭鶴瓶は身体をぐねぐね動かしながらしゃべる。時にはサンバでも踊り出すんじゃないかと。そして最後に「知らんけど」と無責任に終わる。その快感は関西人にはよくわかる。

関西人というか大阪人は特に、自己をピエロ化して、周囲の人達を笑いの渦に巻き込んで喜ぶ不思議な習性、これをラテン系と言ってええのかどうか知らんけど。現在、全国的に流行している「知らんけど」の根拠がどこにあるのか、知らんけど、現代のどことなく理屈を優先するような堅苦しい生きにくい世の中に、空洞を空けるように「知らんけど」が流行り出しているのではないだろうか、理屈っぽくなってしまったが、よう「知らんけど」。

老人に流行は関係ない

いつも頭を悩ますのは、このページで何を書いていいやら、さっぱりテーマが浮かばないことです。この年になると好奇心も失せてしまいます。そんな時、担編さんの鮎川さんに「何かない?」と聞くと、すばやく、「流行についてては? また友達については？」とさすが編集者は間髪を入れずにテーマがはね返ってきます。「じゃ、流行について何か考えてみますね」と言ったものの僕は社会学者でも文化人類学者でもない、一介の画家です。そうなんでも書けるものではありません。まあ禅の公案を与えてもらったと思いましょう。だけど公案は答えがあってないようなもんです。ある意味ではいい加減なもんです。

画家に転向する前はグラフィックデザイナーで、どちらかというと流行を作る側の人間だったんですが、僕はいつも流行に逆らうようなデザインばかりしていました。流行を啓蒙（けいもう）したり促進する協会のようなものがあって、「今年の流行色」などを提唱したりしていました。新しいファッションや自動車の新車が発表されると、秘密裏に制作されたにもかかわらずどういうわけかフタを開けると何となく似たような商品などが出揃（でそろ）います。まさかＦＢＩやＣＩＡが関与したとも思えないのに、まるで各メーカーが相談して作ったようなものが市場に出ます。

こんな時、僕はフト、集合無意識ということを考えます。一種のシンクロニシティーによって、地球の表で発想したものが瞬時に地球の裏側に集合無意識となって伝達して、同時に同じものや、よく似たものができてしまうということです。これは一体何を意味しているのでしょうか。

物を作るということは強烈な想念エネルギーの集中によってできると思うのです。地球の表のどこかの誰かがあることを考えたとします。考えは想念エネルギーとなって、まるで電波のように、アッという間に地球の裏側にも届きます。まあ一種のテレパシーのようなものです。そのテレパシーが無心になってアンテナを立てている人のところに接触すると、その人はその想念エネルギーを受信したことになるのです。自分のオリジナルだと思ってデザインしたものが、空間を超えてどこかの海外の同業者の手にわたって、その人はその人で直感が閃（ひらめ）いたと思って、そのインスピレーションを実現させてしまいます。こんなことが世界中の空間を電波のように飛びかっているのではないでしょうか。

以前、「百匹目の猿現象」といって、宮崎の幸島に棲息（せいそく）する一匹の猿がある時突然芋を洗って食べるようになりました。すると今度は大分県高崎山の猿も同じことを始めました。二カ所の猿は別の環境にいるにもかかわらず同じ行為を始めたのです。これは一体どういうことでしょうか。この答えは集合無意識という論理を採用するか、テレパシックな超常現象を持ち出さないと解決しませんね。

また、ある時、文化人類学者の今西錦司さんにお会いした時、こんな話を聞きました。ある時オーストラリアかどこかの国で赤ん坊が手をパッと開いて誕生したというのです。それまでの赤ん坊は手を握りしめた状態で生まれていたそうですが、オーストラリア（かどこかの国）の赤ん坊が手を広げて生まれた同じ時期に、北欧のどこかでも、ひとりの赤ん坊が手を広げて生まれたというのです。それ以後は手を結んだり開いたりの赤ん坊が地球のあちこちで生まれ出したようなんです。この話は今西さんから聞いた話で僕の作り話ではありません。

まあ、これに似たような話は他でも起こっているのかも知れません。これを説明するものは誰もいませんが僕は勝手に集合無意識によって起こった一種の流行現象ではないかと思うんです。僕はユングのような心理学者ではないので、僕の発想はいい加減なものかも知れません。だけど流行というメカニズムはどう考えても、この集合無意識によって発祥して、それをまた大勢の人が流行らせるわけですが、その時代はいつか淘汰されて過去のものになってしまいます。

さて、面倒臭い話をしてしまいましたが、僕の個人的な流行について少し触れてみます。まず最初に関心があるのはファッションです。ファッションほど流行に敏感に左右されるものはありません。特に若い人達は常に流行を受け入れると同時に流行の発信者でもあります。ファッションからライフスタイル、そして流行語まで創造します。もうアーティストですね。本物のアーティストと違うのはオリジナリティーの否定です。似ていることが彼等彼女等にとっては重要なんです。そこで考えるのは老人の流行です。老人は好奇心に振り廻されることには関心がないので流行はどうでもいいはずです。と言ってオリジナル信奉者でもないでしょうね。だから老人にとって流行はないんじゃないでしょうか。あるとすれば百歳老人になるための何か肉体改造の流行でしょうか。老人になって初めて流行が打ち止めになるんじゃないでしょうかね。まあ、よう知らんけど。

運命に逆らわなければ、自分のために世界が動いていると思える

「横尾さんはよく流れのままに生きたらこうなったということをおっしゃいますが、その流れはどうやって見つけ、乗るものなのでしょうか」

そうですね、「流れ」というのは見つけるものではなく、他動的に向こうからやってくる状況のようなもんじゃないかと思います。自分の意図したことではなく、そのような状況に置かれてしまう。その状況は自分で求めたものではなく、そうなっちゃった、そうさせられちゃった、これに対して有無と言って、反抗したり、抵抗したりしてもいいんだけれど、大阪的というかラテン的に、「しゃーないやんけ」と諦念した態度で、受け入れるしかない。抵抗するのもメンドークサイ、じゃ、ひとつこの状況の流れに乗るか、もしかしたら思わぬサプライズが用意されているかも知れない、他にこれという目的があるわけでもない。こう決心するのが、流れに乗ることではな

いのでしょうか。他動的な状況を受け入れることですから、最初から目的もなく結果を期待などしていません。

それがかえっていいんじゃないかな。そして上手く流れに乗ることができたら、次はその流れを自分の方に引き寄せればいいんじゃないでしょうか。それとも、全身、この流れにまかせてしまうのも手じゃないでしょうか。僕の経験から言うと、しばらくはこの他動的な流れに身をまかせておいた方が、便利がいいように思います。そのうち、流れの賞味期限みたいなものがあって、思いもよらない、次の流れに遭遇するかも知れません。チャンス到来のサプライズが起こるはずです。その時はまたその時で、次の流れが待機しているのかも知れません。こうして流れに乗り始めると、次から次へと、いいタイミングに色々の変化に遭遇するような気がします。

この流れを僕は運命に従うと解釈しています。従った方が自分のキャラ（性格）に合うようなことが次から次に起こってくるのです。まるで自分のために、世界が動いているんじゃないかと思える瞬間が連続して起こる。運命に上手く乗った瞬間です。その時運命の方が自分のために思うように操縦してくれます。何か特別の計画を立てたり、策略をねったりする必要はないのです。もしそれが必要なら、向こうが勝手にこちらの思う通りに動いてくれます。

完璧に上手く流れに乗った瞬間です。こういう状況が設定されてしまえば、変な欲望や野心、野望など持つ必要はありません。むしろ何も求めないことが重要です。運命という乗り物が完璧に流れに乗った瞬間です。ほっとけばいいんです。あれこれ妙な小細工などしない方がいいです。いつの間にか運命の僕(しもべ)が、運命の主導権を握ってしまったのです。もう何も言うこともすることもないです。大船に乗った気分で、全てをこの流れに乗った船にまかせておけばいいのです。このような生き方を僕は肯定してきました。無理にあれこれ計画を立てたり、戦略など意図したりせず、運命に逆らわない生き方です。それでも、もっともっと大きい野望を持ちたい人は、現在の状況に満足しないで、できたら天下を取りたいと思うかも知れません。取れそうな気になってくるんです。だけど、ここは非常に危険です。底抜けの欲望に振り回されて、せっかくいい感じで来ていたのに、ここで余計な欲望を持ったために、この人は運命路線からはずれて、気がつけば取りかえしのつかない窮地に立たされてしまった、ということなどよくあることだと思います。頂点に昇りつめたにもかかわらず、さらにその上の頂点を目指したために、歯車が狂って、どん底に失墜なんてよく新聞のニュースになる人のことです。

常に成功の背後にはこのような落とし穴が大きい口を開けて待っているというじゃないですか。人間は常にこういう問題に試されているような気がします。だから、ほどほどに生きるのが一番幸せなのかも知れません。だから僕の考えは多少運命論的なところがあるかも知れないけれど、なるべく受け身的な生き方に憧れます。だから、意欲も好奇心もほどほどです。意欲に振り回されると下手すると運命路線からはずれて、変なところに迷い込んでしまいます。

放っとけば「なるようになる」という自然体があっちこっちをいじくり回して、「なるようにさせた」ために、運命路線から逸脱してしまった結果です。僕はメンドークサガリ屋だから、自分で何か大きい計画を立てるというのがニガ手です。だけど相手が立ててくれる分には、メンドークサクないです。自分では思わぬ計画は立てられないが、相手が立ててくれれば、自分では考えられないことを相手が自分に代わってやってくれます。これでいいんです。

未完で生まれて未完で生きて、未完で死ぬ

2025年に大阪・関西万博が開催されるという。僕が関わった1970年大阪万博のテーマは「人類の進歩と調和」だった。この万博にお声がかかり「せんい館」のパビリオンの設計の依頼を受けた。依頼されるまでは反博（万博に反対）の立場を取っていたが、一生のうちに二度とないだろうという建築の仕事に反博精神は一転。当時、大方の芸術家が参画しているというこの国家事業は一介のグラフィックデザイナーにとっては一世一代最大のチャンスである。創造的な魅力の前では反博のイデオロギーは、逆に芸術コンプレックスの反動でしかなく、一瞬に僕は手のひらを返すように、この国家的事業を引き受けることにした。創造の魅力の前では反博精神は問題ではなかった。

ただ引っかかるのはテーマの「人類の進歩と調和」である。この口当たりのいいテ

ーマは、そのまま芸術行為に反するものだった。この擬装されたテーマを裏切るような建築パビリオンができないものかと、考え続けていたが、ある日工事中の現場に足を踏み入れた時、建造物の中央に突き出した巨大なドームに工事用の足場が組まれていたのを目撃した途端、なんとしても、この足場を残すことで、建築のプロセスを未完のまま完成できないかと思い、本会議で僕の希望をプレゼンテーションしたが全員一致で反対された。

そこで僕は攻撃に転じた。「では、このパビリオンの決定権を持った最高責任者に会わせて欲しい」と要請した。「せんい館の最高責任者は谷口豊三郎氏だ。しかし氏は目下日米繊維問題でニクソンと連日対峙しているので無理!」との回答だったが、1分1秒でもいい、直接会わしてもらいたいと組織委員会につめよった。では10分の時間を与えようとなり、僕はプロデューサーと2人でせんい館の最高責任者との面談を許されて、そこで、僕はせんい館のコンセプトを一気にしゃべりまくった。その結果は「私はあなたのおっしゃることはよくわかりませんが、あなたのせんい館に対する情熱だけはよく伝わりました。その情熱が実現できるなら、思い通りにやって下さい」と僕の横で無言のままいたプロデューサーに実行の指示をされた。

その結果、急転直下、僕の思い通りに事は進行していった。足場を組んだまま、その足場を凍結して、一気にこのパビリオンは未完のまま、実現にいたった。当時はいろんなところから「せんい館」は建築途上で予算がなくなって途中放置されたとか、「横尾にだまされたのだ」とか、さまざまな批判が集中したが、その後、美術界でプロセスアートがちょっとしたブームになり、万博の前年に出品したパリ青年ビエンナーレで、僕は完成作を否定した、そこに至るプロセスを3点の作品に分解して提示した未完作品によってグランプリを受けることになったが、せんい館の未完のプロセスをそのままコンセプトにした作品であった。

万博の話はこの辺で、せんい館で完成を見た未完について考えてみたい。人間は未完のまま生まれて、完成を目指して生きようとするが、なかなか完成はしない。そして、ついに未完のまま人生を終わる。未完で生まれて未完で生きて、未完で死ぬ。これでいいのではないか。それでも完成したいと思うなら、もう一度転生する。今度こそ完成して死にたいと思う魂は、そうなるかも知れない。

絵の場合も、完成を目前にしながら、最後の一歩が踏み出せず、とうとう完成を放棄して未完で終わってしまったなんて、しょっちゅうである。だったら未完のまま、提示しちゃえばいいというのが僕の開き直った創作行為である。完成した作品には鑑賞者はそれほど魅力を感じないのではないか。未完作品の前に立つ鑑賞者は、提示されている未完の延長に想像力を働かせる。作者がギブアップしてしまったその地点に立って、無意識に、その先を描こうとするはずである。

そういう意味で完成されたものはそんなに面白くない。ダビンチの「モナリザ」だってピカソの「ゲルニカ」だって未完である。ダビンチは旅をしながら馬車に「モナリザ」を積んで行き先で筆を入れていたようである。「モナリザ」が怪しい魅力を発揮するのは、なぜだと思います。僕は未完のままでちゃんと描かれていない「モナリザ」のマユゲだと思う。あの怪しさは描かれていないマユゲのせいであると僕は思う。もしマユゲを描いてしまうと、多分モナリザの神秘はなくなると思う。あの作品が名作なのは、未完だからである。

ピカソの「ゲルニカ」も、至るところが未完のままだったり、描きそんじたり、消し忘れたりしている。そのためにあの絵ができるまでのピカソの迷いを垣間見ることができるから、見ていて飽きないのである。それにしても人はどうして完成したものに憧れるのだろう。自分が未完だから完成品に憧れるのではないだろうか。そんな完成品だってどれもこれも幻想だと思うけどね。

生まれる以前から おおよその生涯は決められている

「職業として郵便屋さんになりたかったとお聞きしましたが、子供のとき、どんな大人になりたいとお考えでしたか」

そうですね。なぜか大人になる不安はありましたね。大人になれるのかどうかという自信がなかったように思います。大人になりたくない症候群のようなものが、生まれつきあって、できれば永遠に子供でいたいという気持ちが非常に強かったですね。いつまた養子に貰(もら)われた先の老父母も、僕を大人にしたくなかったように思います。

までも自分の袂の下に置いておきたかったようです。大人になって自分達のそばから離れてどこか遠くへ行ってしまうのを恐れているように思いました。

それは自分の腹を痛めて生んだ分身としての子供ではないということで、自信がなかったように思います。いつ自分達の所から離れて、実の親を捜し求めて、去っていくのではないかという不安です。そんな両親の不安が僕の情緒を不安定にしていたようにも思います。高校教育を受けて、さらに大学に進学でもすれば、その時点で親子が離ればなれになってしまう。そうならないよう地元の町で就職させたいと思ってか、中卒と同時に町の商社に早々と就職を定めてしまい、まあ、どっちでもいい、なんでもいいという優柔不断な性格が形成されていたので、まあ、それも悪くないだろうぐらいに考え、その商社に父と面接に行って中卒と同時に友達より先に社会人になれることにどことなく優越感のようなものさえ抱いていました。

一般的に若者が抱くような夢や野望は全くなかったように思います。小中学時代はマンガを雑誌などに投稿していましたが、掲載されることはなく、将来マンガ家になりたいという夢さえ全くなく、趣味で絵が描ければいいかな程度で、現在、デザイナーを経て画家であることが、奇跡のように思えます。子供の頃から、極度の恥ずかしがり屋で目立つ存在には全く興味がなく、なるようになる生き方をなんとなく求めていたように思います。その後、先生の強い要望で中卒を諦めさせられ、高校に入学することになった時、友達より先に社会人になれる夢が破れたことにちょっぴり残念だったように思います。

高校に入ると進学コースと就職コースに分かれますが、その頃から、郵便に対する興味が強く、出来れば郵便局に勤めたいと思うようになりました。この頃、すでにわが家は無職状態だったので、僕の郵便屋さんへの希望には両親は大喜びでした。これで老齢の面倒が見てもらえると両親は考えて内心は安心したように思います。まあ、そんなわけで、これで僕の一生も決定するだろうと安心していました。

子供の頃からですが、どういうわけか、大志を抱いて、社会の荒波にもまれながら、自分の意志をつらぬこうというそんな野心はミジンもなく不思議なほど興味がなかったのです。高校時代になっても相変わらず小川にコブナを獲りに行き、学校では郵便友の会を結成して、他校の生徒をペンパルにしながら、気持ちを一歩一歩、郵便への関心を現実化させていましたが、全て遊びの域を出ていませんでした。

郵便に関する知識は少しずつ増えていきましたが、一般教養には全く関心がなく、家には本が一冊もない大の読書嫌いときていました。町には書店がひとつある程度で、買うのは少年雑誌で、小説などには全く無関心で、中学時代に雑誌で読んだ江戸川乱歩と南洋一郎ぐらいで、文学的な本はむしろ嫌悪して一冊も読んだ記憶がありません。

人間には宿命と運命が与えられています。生まれる以前からおおよその生涯が決められているのが宿命です。僕が養子に行くのは環境から逃れられなかったのです。決定的な星のめぐり合わせです。一切の現象はそうなるように予定されていて思うように変えられなかったのです。だからその後も、前世から決まっている運命に従わざるを得なかったのです。中卒で就職まで決められながら、別の力が働いて、そうならなかったのです。別の力というのは運命の力です。そしてあれだけ希望していた郵便屋さんになれなかったのも、ここに時代の推移とか、超越的な何かによって、そうならず、その後の想像もしなかった偶然の出会いや出来ごとによって、僕の将来が決定していくのです。

そんな出来ごとに直面した僕は常にその時のなりゆきにまかせてきました。そしてその結果が現在だということです。僕の生涯、いい意味で運命に翻弄されてきたと思うのです。

第二章
何も考えず、何も求めない

知識から解放されて初めて人間は自由になれる

ハイ鮎川さん、アトリエについて何か書けというご注文ですね。僕のアトリエは100坪の地に建蔽率いっぱいに建てた半地下、地上一階の絵を描くためにガランとした天井の高い空間です。設計は建築家の磯崎新さん。成城の高台に建つスレートで囲まれたカマボコ型のポストモダン様式で、白い壁とドアその他は黄色で、色彩計画は横尾です。南向きで地上一階にバルコニーが突き出して、遠方には富士山がかなり大きく見えたのですが、隣の要塞(ようさい)のようなコンクリート造りの家の裏庭の樹木が繁茂した時は富士山は視界から消滅することがあります。代って樹木はアマゾンの熱帯雨林さながら、ツルがわがバルコニーの鉄骨のサンに巻きつき、夏などは鬱蒼(うっそう)としたジャングルに様変り。このジャングルに猿やアナコンダやワニがいない方が不思議なくらいの南洋一郎の密林大冒険小説の舞台に変容。このジャングルが春になると、南インドの光景に変って果物や花の咲く樹木の楽園に扮(ふん)します。冬のこの季節は終日太陽がバルコニー越しに入りアトリエ内は温暖化、まるでホノルル状態ですが、玄関の辺りは凍結寸前のナホトカ状態で、真夏と真冬を同時に体感できます。春から初夏にかけてはバルコニーに出て、樹木が発するフィトンチッドと太陽のエネルギーを浴びて無為自然（じねん）の境を彷徨（さまよ）いながら、去来する雑念と戯れています。

朝の9時に家を出てアトリエに自転車で通勤です。住宅街を自転車で走りますので、人は少なく、マスクなしでも感染はしませんが、来客にはマスクで対応。コロナ禍が続いたせいでしょうか、歩行したり、日常のちょっとした動作でも息苦しくなります。もしや心臓か肺の疾患ではと疑われて病院で徹底的に検査されましたが病理的症状は皆無で、身体的疾患はなし、と太鼓判を押されました。マニュアル的な医療法では僕の病気？　は解決しない、もっと空想的な発想の医療法を導入すべきだ、と考えた結果、たどりついたのがマスク公害です。マスクが息切れの張本人だと判断した僕は、呼吸法を導入しました。吸って吐いての呼吸法は禅寺の参禅時にマスターしたもので、それを実践。効果はたちまち表れ、随分息切れが緩和されて元の日常に戻りつつあります。

その呼吸法を毎日、アトリエのバルコニーに立って実践しています。息切れは病院のマニュアル通りの治療ではお手上げ状態です。結果は運動不足を指摘されてハイ終りです。病気の症状は患者の想像力も働かせて病人自らが発見しなければなりません。医師はそれをサポートするのです。そんな訳で、アトリエのバルコニーは、僕にとっては温室効果満点のリハビリルームになっています。

呼吸訓練をしながら、読書でもすればいいのですが、もともと読書はあまり好きじゃないので、活字を避けて画集の絵だけを何十分もかけて、ぼんやりと絵の世界に溶け込むのです。活字はどうせ人の経験した観念です。自分の肉体経験のないものは観念を肥大化させて、絵を描く行為を邪魔するだけです。僕は読書に代る行為としてはいつも無為であろうとします。頭を空っぽにすることで、創造的になります。頭から観念を追放することで、肉体も活性化します。脳が言葉や観念でギシギシにつまっている場合は自分の吸収した知識でしか発想できません。

知識から解放されて人間は初めて自由になれます。すでに発想の原型や答えは自分の肉体の中にあります。あとは宇宙のマザーコンピューターでもあるアカシックレコード（※宇宙の誕生以来のすべての事象など、あらゆる歴史が記されているという記録層）が待機しています。そのアカシックレコードに意識と波長を合わせれば余計な知識や努力は必要ないです。そこには人類の歴史や宇宙の知恵が内蔵されているのです。僕のような横着な怠け者はそのアカシックレコードを利用します。僕にとってのＡＩです。

そんな風に考えると僕のアトリエ自体がアカシックレコードです。アトリエに這入った途端、自然にチャンネルが切りかえられます。アトリエに入らないと全く何も浮かびません。浮かべるためには常に脳を空っぽにしておく必要があるのです。脳が満杯の時は得た知識からでなきゃ何も浮かびません。知識で身動きができなくなるとアカシックレコードの知恵が入る余地がないのです。

アトリエはアカシックレコードであると同時に僕の肉体でもあります。だからその肉体を常に整理整頓して清潔にして置かなきゃ、病気になることもあります。ところがアトリエ内は物であふれています。だから時々大掃除をする必要があるのですが、ひとつの展覧会があるためにアトリエ内はキャンバスや絵具や筆や、その他の物であふれてしまいます。人間の身体でいえば食べ過ぎでしょうね。

物を作るということは、肉体の内部の何かを吐き出し、空っぽにして、浄化することです。常にアトリエとは肉体意識で接する必要がありますね。

「きばろかあ」曖昧な言葉こそ人間に力を与える

関西のお笑いはよく見るか？　が今週の担編さんからのリクエストです。

そうね、藤山寛美ややすきよ（横山やすし・西川きよし）、桂枝雀（二代目）がいた昔は見ていたけれど、今はあんまり見ないですね。関西からお笑い芸人がよく出るのは、僕も関西人だからわかるんですが、関西人はサービス精神が旺盛な人種で、人を笑わせる不思議な能力があるんですよね。関西は元々ラテン系の生れ変りが集まった土地で、表裏のない性格で思ったこと、考えたこと、直感したことを瞬時に言葉や行動に移す、あと先考えない「行ってまえ！」みたいな衝動のエネルギーがあるように思いますね。
関西のお笑い芸人は才能や努力の結果、芸人になったというより、普段の生活や人間関係が、関西の風土によって、そのような人格を形成したわけで、僕だって画家にならなきゃ、お笑い芸人になったかも知れませんよ。そんな資質を絵でやっているだけで、僕の遺伝子にはタップリお笑いの種子が阿頼耶識（あらやしき）の庫に埋蔵されているかも知れませんよ。ワッハッハッハ。

関西人のお笑い的人格はそのまま生き方でもあると思いますけどなあ。決して自分をよく見せようとしないで、アホを演じることで、相手を立てるという不思議な礼節があるんですよね。嫌われたくないという八方美人的なテクニックかも知らんけど、それと角（かど）のたつような、物事をはっきりいわない、西洋人から批判の対象になる曖昧な態度こそ美徳としているとこがあるんちゃいますか。

僕が初めて上京して、大阪から東京に移った有名な先輩のデザイナーを訪ねた時の話をしましょう。「ヨコオ君、お茶でも飲みに行こうか」、「ところで何にする?」。こういう質問は僕にとって一番ニガ手である。「何でもエエです」。この先輩は怒りましたね。「東京では白黒ハッキリしないと、そんな優柔不断な考え方じゃ生きて行けないぞ」。物事の白黒をつけるのが僕の一番ニガ手だ。本当に何でもええのや。考えることが面倒臭い。相手が決めてくれるのが一番楽でいい。仏教に中庸（ちゅうよう）という考えがある。どっちだっていい、穏当な生き方だ。そんな生き方をこの場で持ち出すこと自体おかしなことかも知れないけれど、コーヒーだってアイスクリームだって、ええ、相手に従いますやん、という精神が僕の中にはかなり深く根づいている。

とにかく面倒臭いことを考えるのが大嫌いだ。「早（は）よう決めてんか」というのが僕の正直な気持ちだ。面倒臭いことが嫌であると同時に、物事を達成するまでに飽きてしまって、すぐ諦めてしまうところもあるが、これも関西人気質だ。「面倒臭い、もうええわ、しゃーないわ、勝手にしてえな」と途中段階で放逐するのもいとわない。だから僕の作品の大半は、ほとんど未完成である。完成させることに意味も興味もさほどない。そのプロセスを楽しむことが僕の創造である。どう生きたかはどうでもよくて、どう生きるかが問題なのである。

話があらぬ方向に流れてしまった。お笑いの話だった。関西のお笑い芸人の仕草をよく見ていると気づくと思いますが、何が面白いのか自分で笑いながら大声で、身体をグニャグニャよじりながら、しゃべる。明石家さんまがその典型。実に肉体的である。言葉がそのまま肉体の動作に反映する。その肉体の動作がそのまま思想であったり観念や論理になった肉体言語である。言葉で伝わらないことを肉体表現で伝えようとしている。そこはまた文学的というより演劇的、絵画的である。このようなボディランゲージは何もお笑い芸人だけではない、一般の関西人特有の自己表現でもある。

関西出身の僕は今でも東京的生き方が難しい。僕の周辺の人間の大半は観念的で論理的な話し方をする。そこには肉体性がどこか欠如しているように思うが、ひとつ面白い話をしましょう。僕が関西の広告会社に勤めていた頃、会社の所長の毎朝の訓辞がこんな具合だ。「ほんなひとつ、今日もきばって、一発ドカーンとやってくれよな」でその日の話は終る。社員一同パチパチと手を叩(たた)いて、「ホナ、歯食いしばって、きばろかあ」ということで、これで充分所長の言うことはそのままパワーとエネルギーに変換されて、社員の肉体にしみ渡る。東京人から見ればお笑いそのもので何の内容もない。だけど内容のない話を説いて内容のある仕事をすればいいのである。ぐだぐだ説教されるより、この方が、創造のエネルギーがわれわれの肉体を働かせる。

昨夜、フト松竹新喜劇の舞台をテレビで見た。様々なキャラクターが騒々しく舞台を走り廻っている。何の芝居か、何をしているのかさっぱりわからなかったが、それぞれの異なったキャラクターの登場人物はもしかしたら一人の人間の中に存在している性格ではないかと思った。善人、悪人、が混ぜこぜに動き廻っているが、見ていてそのひとりひとりがどうも自分の中にある性格の多様性のように思えてきた。「私」の中の複数の小さい私が演じていると気づいた時、この芝居が急に面白いと思い始めた。

絵の見方は「わからない」を「わかる」でいい

絵の見方ですか？　どう見ればいいのか？　今週の担編さんの疑問です。ただぼんやり見るだけではダメなんでしょうか。何か難しい言葉が必要なんでしょうか？　自信ないですね。

もう面倒臭いから結論から言っちゃいます。そんなものはないです。絵の見方なんて本があるから、大方の人は悩むのです。絵は小説や音楽のように理解する時間など必要としません。パッと見る、それでいいのです。一秒でも一時間かけて見たければそれでいいのです。でもわからなかったと思えば、わからなかったということがわかったのです。それじゃ納得できませんか？

絵なんてわかる、わからないで判断するものではないのです。林檎（りんご）を食べて、その味を説明したいですか。林檎も絵も同じです。説明などできないでしょう。感覚は言葉を越えています。絵は感覚の産物です。だから、わかる、わからないの問題を頭から消して下さい。先（ま）ず、わかろうとすることが、間違っているのです。最初から答えのないものに答えを求めることは禅の公案を頭で考えるようなものです。答えのないものに答えを求めて何が得られるのですか。

僕は絵を描きます。何のために？　そんな大義名分の目的などありません。強いていえば、自分というか人間が謎の存在だから、目的のない絵を描くだけの話です。そして、やっぱり自分は謎の存在だったということを知る。それで充分です。絵を描く理由はこの程度のものです。そうして描かれた絵の見方が、わからない、当然です。わかる、わからないを基準にして絵など見るとヘトヘトに疲れます。洋服の胸襟を開くように、感覚で対峙(たいじ)して下さい。

だけどですね、現代美術はそのわからないをわからそうとした作風で美術界と対峙しています。コンセプチュアル(観念)アートというのがそれです。感覚に訴えるというよりは知がその作品の根拠になっています。僕の作品はコンセプチュアルというより、感覚的に描きたいものを手当たり次第に主題も様式もへったくれもなく、衝動を優先して、アスリートのように、スピーディに描きます。つまり脳の作用を関与させない、感じたままを描きます。わかる、わからない以前の問題です。

現代美術の主流はコンセプチュアルアートです。この種の作品に関してはわかる、わからないが前提になるかも知れません。知的で頭脳的です。このような作品の前では確かに、わかる、わからないが問題になるかも知れません。一般大衆の中でも観念的な人達は多いと思います。このような人達を対象にすると、わかる、わからないという問題が問題になるでしょうね。すると人類の中でも観念的なタイプの人間と感覚的な人間に分かれます。僕はどちらかというと感覚的な人間です。物事を肉体的にとらえるタイプです。

コンセプチュアルアートの中にも感覚的な人もいます。また感覚的な人の中にもコンセプチュアルな考えをする人もいます。絵がわかる、わからないは、創る側にもありますが、見る側の人間の問題でもあると思います。観念的な観賞者はコンセプチュアルを好みます。そしてわかることで作品を理解します。一方、感覚的な人は理解のレベルを越えて作品を観念や論理や思想を越えて魂で感応します。

だけど美術教育はやはり知識を優先します。絵は僕みたいにわからなくていいという指導者はいません。世の中はわからない物だらけだけれど、それじゃ困る、なんとかわからせようとします。わからないものが存在するのは危険なのです。とにかく解明するために科学を導入して、この世からわからないものを追放しようとします。ところがわれわれの住むこの地球はわからないものだらけです。そのわからないものに科学的メスを入れて、わからせようとしています。わからないものがこの世に存在することは不気味なんです。

わからないものはわからないでいいじゃないかというのが僕の態度です。人類は全て解明したかのように思っていますが、とんでもないわからないもので満ちあふれているのです。だから僕は絵を描くのです。絵を描くことはわからないものを解明する作業というより、もっとわからない深淵（しんえん）にどんどん降下していくことです。そしてその果てに宇宙があるのが微（かす）かに感じとれます。つまり絵を描くということは宇宙を相手にすることのように思われます。宇宙の謎は自分自身の謎でもあります。

絵がわかるか、わからないかの話が飛躍して宇宙の話になってしまいましたが、何しろ絵を描くということは創造することですから、当然宇宙の創造とリンクします。絵とかかわることは広大無辺な宇宙を共有することです。だから、わからなくてもいいのです。

僕は欲望が少ないので時間が経つのは遅い

僕は元々病弱な肉体で生まれて来たらしく、母乳を飲む力もなかったようで、養母がガーゼに含んだミルクをチョビチョビ、根気よく飲ませてくれたらしい。子供の頃から、よくケガをしたり、病気になって学校を休むことが多かった。大病を患ったのは1970年、34歳の時、足の動脈血栓になって、片足を切断する寸前に病院を逃げだして（車椅子で）、鍼（はり）、灸（きゅう）、あんまの東洋医学の先生にかかって、やっと命拾いをしたことがあるが、それ以後も何度も救急車で病院に運ばれることがあった。

大小病気を合わせると一冊の本が書けるほどだから、『病の神様』なんて本も書いたことがある。病気が日常的な趣味のようになってしまった。そんなわけで今でも病院にはよく行く。常に自分の身体の状況を知ることは、自分自身を知ることでもあった。

僕の愛読書のひとつに貝原益軒の『養生訓』がある。養生訓は病気になる前の心得が書いてあって、心と身体を一体化しているところは芸術的でもある。現在でも病気の大半はストレスが原因であるといわれているが、そのストレスは過剰な欲望によることが多く、益軒はそうした内欲をおさえることで天寿を全うすると説くが、芸術も欲望を超越して普遍的な境地を目指す。肉体と精神の離反が病気を生じさせ、芸術にもダメージを与えかねない。

絵を描くことも一種のストレスになることがあるが、あまり調子に乗り過ぎて暴走すると病気の一歩手前まで行ってしまう。それを気づくのは肉体との対話であるが、つい脳の要求に従ってしまって病気になることがある。だから、脳の意志には余り従わないで、なるべく肉体の要求を優先することにしている。脳は結構エゴ的である。その点肉体は正直でウソをつかないが、脳は損得勘定に長けていて、野心的な生き方が好きだ。

だから、僕は絵を描く時も、心という観念から解放されて、なるべく肉体の想いに忠実に従うように心がけている。脳は理性的であると同時に感情的で、経験に従うが、肉体は魂に限りなく近い存在であるように思う。さらに僕は無意識状態で知らず知らずにアカシックレコードにアクセスして、そこから創造のエッセンスを受けているような気がすることがある。これは直感とは異なるツールで、現世での経験ではない、魂の経験、というか、過去世での体験が魂を通して肉体に伝わってくるように思う。その点、脳は現世での知識と経験から得る発想である。そんなわけで、僕は脳よりも肉体への信頼度が高い。そこで僕は「肉体の脳化」という言葉を使うようにしている。

話がそれたので健康の話に戻そう。生来が面倒臭がり屋だから、ちゃんとした健康管理はできていない。自転車ばかりで歩くこともしない。睡眠は得意ではないが、細切れで、6~7時間眠っている。食事は規則正しく、加齢と共に食事の量はうんと減ってきたが、週一度は自宅でステーキを食べる。あとは終日アトリエで、絵を描いているが、天気のいい日はバルコニーでぼんやり森の樹木を眺めながら太陽の光を浴びて、無為な状態で極力、何も考えない時間を多く取る習慣を日常としています。何も考えない時間は創造に不可欠だ。特に瞑想（めいそう）などはしないけれど、何もしないことをする無為な時間は至福の時間である。読書好きの人と同じように僕は本を読むかわりに何もしない、ただぼんやりとする時間が好きだ。昔、禅寺に参禅していた経験があるので、考えない時間には慣れている。若い頃はいつも何かしなきゃという強迫観念に追われていたが、老齢になるに従って何もしない時間に至福の快感を得るようになった。老齢になると時間の経つのが早いとよく言われるが、僕は全くその反対で、時間の進行が実に遅い。この年になると好奇心もなくなる。また欲望も必要としなくなる。若い頃は欲望に振り廻されるので時間がいくらあってもたりない。時間の長短は欲望の質量によるように思う。

僕の場合、絵を描くということは別に欲望でも好奇心からでもないので、他に好奇心らしいものを探しても何もない。旅行がしたい、芝居や映画が観たいとも思わない。過去の経験を回想しながら、その記憶を吐き出せばいいと思っている。そして絵さえ描いていれば健康が維持されるように思っている。今は息切れと足の膝（ひざ）の痛みに悩んでいるが、これも老化現象だと思えば、さほど気にもならない。どこかに出掛ける仕事の依頼があるが、外出はあんまり気乗りしないので、出来ればジッとアトリエにいる方がいい。はたから見れば面白くない生活に見えるかも知れないが、絵が描ける以上、これより興味のあるものには出合わない。もう海外旅行も10年近く、どこにも行っていない。別に行きたいとも思わない。僕にとっての楽園は結局、キャンバスを窓にして、その奥に未知の世界を訪ねる、そんなことが僕の晩年の歓びってことかな。

考えても理解できない現象は魂がからっぽの時に起こる

担編さんこと鮎川さんから、「シン・老人」のためのエッセイのリクエストが沢山たまっています。答え易いような、答え難いような質問ばかりで、必ずしも僕の関心事ではないのですが、といって、その関心事があるかと言えば実は何もないのです。だから鮎川さんの関心事に応えようとして、リクエストをしてもらったわけですが、実際は困っているのです。困っているから、助け舟を出してもらったのに、助け舟が用意されると急に乗りたくなくなるのです。

最近頂いた質問を紹介しましょうか。

「アカシックレコードとは?」

「沢山絵を描いていますが、その保管はどうしていますか?」

「好きな日本人画家は?」

「鎮守氷川神社のオリジナル御朱印帳について」

などです。では最初の質問を取り上げますが、アカシックレコードのことは先週のこの欄でチラッと触れたことが、鮎川さんの関心事を刺激したのかも知れません。アカシックレコードという用語は一般的に取り上げられることは滅多にないと思います。アカシックレコードという用語は近代神智学の創始者のヘレナ・P・ブラヴァツキーによるもので、西洋オカルティズムでは一般的な言葉です。

まあ、ここでは簡単に説明しますと、アカシックレコードは宇宙の誕生以来の全ての事象、人間の全想念、全感情が記録されているという世界記憶の概念で、わかりやすくいうと宇宙の図書館だと思えばいいでしょうか。宇宙が誕生して以来のあらゆる存在の情報が記録されている記憶層で、まあここから先はスピリチュアルな世界になっていきます。

だけどまれにこのアカシックレコードから知恵を得ることはあります。この知恵というか知識はそれを得る人の魂に埋め込まれたもので、一般的な学識を凌（しの）ぐものです。現実生活の中で獲得する知識の比ではないのです。では直感みたいなものか、と言われそうですが、確かに直感に似ているかも知れませんが、直感は現世で得た理性とか経験から発せられるもので、知識や教養の範疇（はんちゅう）からあまり出てはいません。

では何なのかということになりますが、アカシックレコードは魂の経験と関係があり、前世でのＤＮＡや体験や経験と大いに関係があるので、現世の体験や経験からは絶対得ることはできません。今世の知識や体験をはるかに凌駕（りょうが）した宇宙的な体験とでもいうのでしょうかね。それを、僕は輪廻（りんね）の思想と呼んでいます。一般的に輪廻の思想を活用することはなく、せいぜい１００年たらずの人生の枠からはみ出した世界観からの知恵を得ようとするのです。

では、そのアカシックレコードの知恵をどうすれば活用できるのか、ということになりますが、現世体験だけに縛られているわれわれ人間にとっては、例えばエドガー・ケーシーのような人物にならない限り難しいでしょうね。しかし、創造の領域ではしばしば、アカシックレコードに無意識でアクセスしている場合があるように思います。でもただの無意識では駄目でしょうね。なんといっても魂の体験ですから、その魂を通してしか輪廻転生の世界というか、思想を得ることはできません。先ず輪廻の思想を理解しないと無理だと思います。

特にそれも芸術的創造時に於いてのみ発揮されるエネルギーと考えて下さい。そのためには頭から言葉や観念を放棄して自分を失くして無私の境地になるしかないです。空っぽの状態の時こそアカシックレコードの扉を開くことができるのです。美術家は作品を作る時、極力、頭を空っぽにします。しかし、コンセプチュアルアート全盛の今日のアーティストは、頭の中を言葉と観念でギューギュー詰めにしています。

アカシックレコードは空っぽの状態の時にアクセスされます。ありとあらゆる去来する想念、感情を断ち切って、真の自由を獲得した場合のみ、魂を通じて、千年の過去と通じるのです。過去の歴史を学べと言われますが、アカシックレコードは、魂の過去の歴史が対象です。そして初めて、過去の全想念、全感情を輪廻を越えて経験します。

鮎川さん、アカシックレコードは非現実的なツールだと思われたかも知れません。創造行為に於いて自分でありながら自分でない不思議な体験に襲われて、できた作品に責任が持てない場合があります。「なんでこんなものが描けたのか」という経験です。そんな作品には目的も大義名分もありません。

「こんなもんができてしまいましたんや」という感覚です。鮎川さんもよく「頭で考えても理解できない現象に出会う」とおっしゃっていますが、そんな時は無意識に知らず知らずの内に魂を通じて、アカシックレコードを開いておられるんじゃないでしょうか。

禅は意味のないことをするのが意味だと教えてくれる

もう5〜6年も前になるでしょうか。ある日、本屋の仏教書の棚で『心配しなさんな。悩みはいつか消えるもの』と題した本が目につきました。著者は板橋興宗。僕にとっては懐かしい名前です。47年前に鶴見の総持寺で初めて坐禅をした時の指導者の単頭老師でした。中身もろくすっぽ見ないで、懐かしさのあまり、思わず買ってしまいました。

板橋老師は良寛さんの無欲恬淡の人柄を尊敬されていて、良寛さんの残した「戒語」について度々説法をされました。どの言葉も当たり前すぎてかえって考えこんでしまうのですが、板橋老師は禅語には「非思量」という言葉があるが、ひとことでいえば考えないこと、悲しきゃ、悲しめばいい、苦しきゃ苦しめばいい、そこに余計な考えを持ち込まない、これが人生をより上手く生きる秘訣だと、ことあるごとに考えないことを諭されました。

こんなことがありました。ある日、禅堂の廊下に腰を下ろして庭の銀杏の樹の根元が黄色い敷物を敷いたようになっているのを感動して眺めていたら、雲水がやってきて、落葉を掃けという。僕は雲水に「美の対象として鑑賞したらどうですか」と逆に問うたのです。すると「まあ、理屈はともかく、掃いて下さい」としつこく言います。理不尽なことを言う雲水だと思ったが、禅寺に真似ごとの修行にきているのだ、ここは一歩譲ることにしましたが、どうも納得がいかない。

そして次の日もその次の日も銀杏の落葉で地面は真黄々。「ざまあみろ」という気持ちだったのですが、別の雲水がやってきて、また落葉を掃けという。あんまりシャクにさわったので、寺の床の下から長い竹を持ってきて、銀杏の葉を片っ端から叩き落として、地面を落葉の山にしてやりました。「ざまあみろ」です。

雲水たちとのやりとりはラチがあかないので板橋老師と対峙することにしました。老師からすれば、僕は考えることから脱却していないということになるらしい。ここでひとつ「考えない」ということを実践してみてはどうですか、禅の心に従ってみては如何ですかということになりました。銀杏の落葉を掃くということは別に目的ではないらしい。われわれは普段、目的や理由のないことには意味がないと考えているが、禅の世界はどうも意味のないことをすることが意味らしい。僕の住んでいる世界と禅の世界は真逆である。まるで禅の世界は相対的な死後の世界と向き合っているような気分になってきました。

われわれは物ごとを分別して考えるところがありますが、どうも禅はいちいち理由など必要としないらしい。事実を事実として見なさい、そこに分別を持ち込むと、善とか悪とか、美とか醜(しゅう)とか、白黒によって物事を分別してしまうらしい。いや、そうしている。事実を事実として見るとは例えばこういうことかもしれない。

卑近な例かもしれないけれど、例えば、満員電車の中でどこかの男に足を踏まれた。「痛い!」。ゴメンとも失礼しましたとも言わない相手にムカック。だけど踏んだ相手が絶世の美女だったら、痛くも痒(かゆ)くもない。思わずニッコリして嬉(うれ)しくなるかもしれない。これは踏まれたという事実を事実として見ていない証拠。分別して見ているのです。「痛い！」という事実は、先の男も美女も同じ。どうもわれわれは、そこに余計な考えを持ち込んでいるようです。禅は、事実を事実として見ることを脳細胞の考えではなく、身体細胞の教えに従う。

坐禅は頭で悟るのではなく、身体を通して修得する教えであるらしい。だから禅寺を訪ねて、教えを乞おうとしても、何も語ってくれない。「只管打坐（しかんたざ）」。ただ黙って坐禅をしろという。坐禅は考えを捨てる行です。「捨てるという行為」さえ超える必要があるらしい。坐禅すると、雑念が次から次へと去来してくる。そのひとつひとつに心が引っかかるとダメだという。それを流しちゃえと言う。1回や2回の坐禅では観念からそう簡単に自由になれない。100回、200回でもダメでした。総持寺のあと、板橋老師が「あなたの疑問に答える禅寺は浜松の龍泉寺の井上義衍（ぎえん）老師しかおられません。紹介しますから、一度訪ねてみて下さい」。

井上老師は「何しに来られた？」と、いきなり難問（？）を突きつけられました。「ハイ、悟りに来ました」と大上段に答えました。すると「人間は生まれながらにすでに悟っています。悟った上にさらに悟りたいとおっしゃるのですか、その答えは坐禅が答えてくれます」と言われて、この日から1年ばかり、各地の参禅修行？　が始まりました。そして何を得たか？　何も得ないことを得ました。

ただ、そこで気づいたことは絵を描くことがすでに禅であること。目的も結果も意味も理由も「考えない」、ただ描くしかないということです。板橋老師はその後曹洞宗の管長までのぼりつめられた。「心配しなさんな。悩みはいつか消えるもの」。まだ、その「いつか」が来ていないけれど。

本当の創造は真面目人間から生まれない

新聞か週刊誌の編集者なら、どんな紙（誌）面を作るか？　ですか。

先ず新聞から考えてみましょう。そこでうんとビジュアルな紙面を作ります。それも世界にない新聞を。

「エッ、世界にない？」

ハイ、そうです。恐らく世界にない新聞です。ある朝、新聞受けから取り出した新聞を見た購読者はびっくりするでしょうね。新聞紙面というと、広告以外はビッシリ活字で埋まっています。こんな文字でベタベタの紙面は気分が重くなります。わざわざ記事にしなくてもいいような記事も掲載されているように思います。というか記事があり余っているんでしょうかね。だから、スペースが空くと、そこに何でもいい、記事を放り込んで、全面ベタベタの活字だらけにして、さあ、これで今日の紙面は上手くいったぞ、1行だって空いてないよ、まるでジグソーパズルの完成図だ。

毎日配達される新聞の活字の多さに、時には威圧感さえ覚えてしまいます。言葉、言葉、言葉の洪水にうんざりしてしまいます。僕は言葉と対極の仕事をしています。言葉は真実を語るかも知れませんが、嘘（うそ）も平気で語り、それをマに受ける一般大衆もいます。僕は言葉に対していつも疑問を持つタイプの人間です。だからというわけではないが、僕は言葉で語り尽くすことのできない概念をビジュアルで表現します。言葉には文体がありますが、絵にも文体があります。絵の文体は絵具のマチエルが作る形や色です。マチエルも、形も色も、文章以上に雄弁です。ところが、そのことに気づかない人が多いのです。言葉で語ってもらわないと理解できないのです。活字の言葉しか信用しないのです。絵はそうではなく、自分の感性によって自らが絵を理解するのです。つまり自分が絵を通して自分の言葉を創造するのです。そこが大きく違います。

海外の書店の入り口には大抵、テーブルブックという写真や画集のビジュアル本が山積みされています。ホームパーティのためのプレゼンテーションです。日本では見受けられない書店の風景です。日本人は感性よりも知性を優先します。面白い人より堅い人の方が優先されます。天才は堅い人より面白い人が多いです。日本は天才よりも秀才や優等生が尊敬されます。つまり真面目人間が求められます。だけど本当の創造は真面目人間からは生まれません。創造はむしろ異端的な発想をする人が世界に影響を与えます。

えーっと、そこで先ず新聞紙面を革新的に一新させる提案をさせていただきます。

その方法は実に簡単です。何も無理に記事を作る必要はないのです。長文で語るより短文で語る方が的確に伝わるなら、ほんの数行だっていいのです。また、わざわざ記事にする必要のないものなら、紙面からはずして空欄にしてもいいのです。言葉を少なくすることによって、読者は逆に空白部分に想像力を働かせます。記事が少なくて、紙面のアチコチに余白が空いていることで読者は社会や時代を認識して、空白を自分の想像力で埋めます。紙面のアチコチに余白がボコボコ空いていることで、本当に必要なことだけが記事になっているんだなあと思うでしょう。また広告面でも広告がのらなければ、その意思表示としてワクだけで中身の広告がないことに気づき、「不況なんだろうなあ」と肉体で感じとります。

4コマ漫画だって、今日は3コマで終わっている。4コマ目の落ちのアイデアが浮かばなかったことの漫画家の自己証明になります。記事の文章も、時間切れで、途中で中断せざるを得なかった場合は未完の記事を掲載することで読者は新聞記者は大変なんだろうなあと想像します。そして余白の部分の理由を読者がそれぞれ勝手に推理して、ミステリー小説みたいだなと大喜びします。

そりゃ、中には料金を払っているんだ、1行たりとも余白を空けるとはケシカランと怒る人も出てくると思います。そのために、紙面の最後に「お詫び」として、「今日はせいいっぱいの努力をしましたが、これ以上不必要な記事を掲載することは編集部の良心に反します。また明日からは出来るだけ余白の少ない紙面を作りますので、本日は、どうぞごかんべん下さいませ」と記述すればいいのです。

こんな僕の紙面に対する提案に共感していただけるなら、どうぞ、「一日編集局長」として採用していただけないでしょうか。

そんな訳で今週は新聞紙面の提案で紙数が尽きてしまいましたが、まあ、アーティストの寝言と聞いて下さい。常にアーティストの寝言を本気で実現させるのが、アーティストの使命と考えているのです。

週刊誌に関しては、面白い編集アイデアが浮かべば、この欄で提案させていただきますが、世の中には真面目人間が多過ぎるので僕の提案はきっと不真面目ということで不採用に終わることでしょう。

理屈は人生から
ワクワクとドキドキを奪う

ある時、鮎川さんからインファンテリズムについて書いてくれますかというメールが送られてきた。この言葉はかなり昔に誰かが僕のことを書いた時に初めて知った言葉だった。その時は「幼児性」と判断したように記憶しているが、このインファンテリズムは僕の本質でもあると論評されていた。その後、ずっと経ってから僕は『新世紀少年密林大画報』（平凡社）というムック形式の本を編集することになって、巻頭に三島由紀夫さんの文を引用した。少し長いが紹介しよう。

「恥かしい話だが、今でも私はときどき本屋の店頭で、少年冒険雑誌を立ち読みする。いつかは私も大人のために、『前にワニ後に虎、サッと身をかわすと、大口あけたワニの咽喉の奥まで虎がとびこんだ』と云った冒険小説を書いてみたいと思う。芸術の母胎というものは、インファンティリズムにちがいない、と私は信じているのである。

地底の怪奇な王国、そこに祭られている魔神の儀式、不死の女王、宝石を秘めた洞窟、そういうものがいつまでたっても私は好きである。子供のころ、宝島の地図を書いて、従兄弟と一緒にそれを竹筒に入れ庭に埋めたりして遊んだものであった」

三島さんの言うインファンテリズムは、大人になっても精神が幼児のままでいることで、この状態こそ芸術の母胎であるとおっしゃる。そこで想い出したことがある。小学校を卒業する時、担任の先生が通知簿に父兄へのメッセージとして、僕に対する寸評に「今年中学に進学するというのに横尾君はいまだに幼児語が抜けないのが心配だ」と記されていた。養子に貰（もら）われた僕は老父母からいつまでも幼児のように育てられたので、先生の意見はもっともである。

いつの間にか僕の中にピーターパンのような「大人になりたくない症候群」が根強く定着してしまっていたように思う。老齢を迎えた今でも僕は少年時代の熱血冒険世界から脱出できないで、密林物やターザンを絵のモチーフにしている。三島さんの言うように確かにこのような幼児性は僕の中で血湧き肉躍る芸術活動と深く結びついており、未知の世界への冒険によって異次元への扉を開き、やがて壮大な宇宙意識と合体していくのである。

その前に幼児とは一体何者か、ということを考えてみる必要がありそうだ。幼児には社会性もなく、金を儲けて企業を起こす能力もない。そのような行動の目的性はない。ものの良し悪しの分別もない。肉体と精神の赴くままに行動して、その行動の全てが遊びと直結している。このように幼児の性癖について述べていくと、幼児の存在はそのまま芸術の核について語っていることに気づく。

三島さんが本屋の店頭で、こっそり幼年期の憧れの対象であった冒険小説の世界を描きたかったとおっしゃるが、多分、バローズの『ターザン』やハガードの『洞窟の女王』を念頭においておられたのだと思う。残念ながら三島さんの少年時代の夢の復活は実現しなかったが、そんな三島さんの夢を、どうやら僕が代わって絵画や版画の中で実現しているような気がしないでもない。

「大人になりたくない症候群」の僕は、できれば永遠に子供の魂の中に宿ったまま、インファンテリズムの精神を貫き通したいと思っている。大人になるということは理屈の世界で生きることである。大人が理屈のユニホームを着たがるのは、一種の自己防衛ではないだろうか。絵は理屈ではない、絵は絵であって、芸術家が理屈をこねはじめ、芸術を概念化しはじめると、芸術から遊びを失うことになる。大衆は理屈では生きていけない。芸術に限らず、人生からワクワク、ドキドキが消えてしまうと、それに代わって人生を理屈にすり替えてしまい、自分を次第に小さい存在にしてしまって、自分の中から完全にインファンテリズムを追い出してしまうことになる。

僕が中学の頃、密林冒険小説の第一人者の南洋一郎さんの最高傑作『バルーバの冒険』全六巻が発刊されたが五巻が出たところで出版社の倒産で五巻のままで終わってしまった。バルーバの熱狂的なファンは宙吊りのまま40年以上経った頃、別の出版社から、南洋一郎集が出版され、最終巻の六巻を含む全六巻が奇跡的に刊行された。しかし作家の南洋一郎さんはすでに鬼籍の人となっておられた。

40年ぶりに『バルーバの冒険』が僕の中で完結するという喜びに僕は興奮したが、その時、僕の中で「待った！」という声が聴こえた。『バルーバ』を読了するということは僕の中のインファンテリズムを殺すことになる。70年間、待った僕の中の子供性はこの本を読むことで一瞬に無化されてしまう。できれば死の寸前まで「大人になりたくない症候群」でいたい。だから、いまだに『バルーバの冒険』は僕の手の届くところにありながら、まだ手をつけていない。できればインファンテリズムを冥土まで道づれにしたいのである。

神社仏閣でお参りをする時はすでに願望が達成されたかのように言う

「一時期参禅されていましたが、神社とお寺などに行ってお願いごとをしますか?」

禅寺は信仰の対象というより、自己を見つめるという修行の場で、禅宗は仏像もお経もあんまり必要としないように思います。だから禅寺はお願いごとをかける場所ではないのです。

願いごとをかけたいならお寺か神社です。僕は神社仏閣が好きで、地方に行くと、つい立ち寄ってしまいます。森に囲まれた夏でもひんやりする清浄な空気に触れるだけで気持ちが浄化された気分になるのはやっぱり神社ですかね。お寺には仏像が安置されていたりすると、つい審美眼が働いて、お参り意識が薄れてしまいますが、神社は神様が祀（まつ）ってあるというので、つい人間の存在を超越した力の加護を求めて何かを願うというよりも思わず手を合わせて祈ってしまいます。

このような気持ちは絵を描いている時にも感じます。自分の小さい自我では表現の限界を感じて、自分を越えた創造力に出合いたい、そんな時に無意識に神仏の力を求めているように思います。芸術家というのは欲張りで、常に自分を越えたいと思っているのです。そんな時は神の名を出さないまでも、何か超越した力を共有したいと願っています。

だからか神社仏閣に参ると謙虚な気持ちになって、お願いごとをする以前に、「いつも絵を描かせていただいてありがとうございます」なんてペコッとおじぎをしてしまいます。何だか恐れ多くて願いごとなどできないような気がするのです。それでも願いごとがある時は、お願いする以前に、すでに願望が達成したかのようなイメージを頭に抱いて、過去完了形で「達成させていただいてありがとうございます」なんて先にお礼を言ってしまうのです。するとその分、自我が消滅することになるんじゃないかと思うのです。自我が作用する以上、欲望が前面に出て、かえって願望は達成しません。

だけど、「こいつは願いごとを頼まない。欲のない人間だ、よしわかった、こいつの願いごとをかなえてやろうじゃないか」と神様が思ってくれれば「ヤッタね」ということになりますが、こちらの確信犯的な戦略がバレると、「神をだましたなア」となって、ヘタすると罪を与えられるかも知れません。まあ、そこは参拝者の心が如何に純粋であるかどうかという透明な心にかかっていると思います。

いずれにしても神様は全てお見通しです。わが家の近くに喜多見不動堂というのがあります。最近は息切れが激しく、ここへの急な坂道はかなりきついので、しばらく足が遠のいていますが、以前は散歩がてらによくお参りしたものです。お社の裏辺りに狭くて細い暗い洞窟があって、その奥に石像の不動明王が祀られています。その洞窟に這入るのはちょっと不気味だけれど、それだけにご利益がありそうにも見えます。本堂に参ると必ずこの洞窟にも参っていましたが、いつしか参らなくなってしまいました。

そんなある日、僕は夢を見ました。どうやらここはインドらしく、木が一本もない、赤茶けた土の山の中に、トンネルがあって、トンネルといっても人ひとりがやっと通れるくらいの洞窟です。洞窟なのに中は実に明るい。歩けど歩けど実に長い洞窟で、やっと洞窟の突き当たりまで来たところに、仏像が祀ってありました。その仏像が僕の意識に語りかけてきたのです。

「随分長い間来ていませんね」と。

その時僕はハッとしました。家の近くの不動堂の不動明王であることがわかって、ハハーッと心の中で跪(ひざまず)いていました。不動明王はインドではシヴァ神の化身ではなかったかな。この夢を見た日から僕は再び不動堂に参ることになりました。夢は単に夢かも知れませんが、この時、神仏は全てお見通しなんだと悟りました。昔は夢を通して神仏がメッセージを送ったと聞いたことがあります。僕がこの夢を信じたら大方の唯物論者は非近代的なことを信じるなあと言って笑うかも知れませんが、僕の中に唯心的な意識があることを信じています。というのは絵は物質的な素材を利用しながら見えない心的な世界を描くことに於いては唯心的です。唯物論というのは世界の本質はすべて物質であると説く世界観ですが、唯心論は世界の本質は心的なものという考え方です。人間が肉体的という物質的存在であると同時に心的存在でもある以上、この両者はわれわれの中に内在しています。僕の場合は絵を描く生活と生き方を母胎にしているので、唯物という傾向よりは心的な傾向が強いように思います。だから目に見えるものに対する信仰と同時に、目に見えないものに対する信仰もあります。だから、神仏に対する関心も強いのですが、やはり僕の信仰は芸術であると思います。すでに芸術の中に神仏が宿っていると考えているからです。

遊びの究極はそれ自体が目的

身体のあちこちが破壊されて悲鳴をあげている。ほぼ感覚は全滅、脳は営業停止状態。商売道具の五感も機能停止。

ぼんやり本棚を眺めていると、20年以上も前に買った平野謙『芸術と実生活』が目に留まった。頁を開くが読んだ形跡は全くない。7人の作家の作品を採り上げているが、どの作家のどの小説も読んでいない。

芸術と実生活で思い出すのはヘルマン・ヘッセの生活である。庭仕事と水彩画を描く。両方共プロ級の腕前だ。美術家のマルセル・デュシャンは、チェスを生活に持ち込み、何も浮かばない時は無為の生活に浸るという。では僕の生活は？　と聞かれると、病院かな。一寸(ちょっと)でも身体に異変を感じると飛んで行くのは病院だ。2年に一度くらい入院もする。入院は退屈なので、病室をアトリエに変えてしまって、制作三昧。絵を描くことも治療になる。絵に飽きると点滴液をぶら下げて、院内散策とコンビニに入りびたる。僕の生活といえるのはこの病院生活以外に何も浮かばない。では普段の生活はといえば朝食が終わるとサッサとアトリエへ。夕方に帰宅。夕食のあと風呂に入って、猫と枕を並べて就寝。

従って現在の僕には生活と主張するようなものは何もない。若い頃は多くの他ジャンルの人と交流したり、映画演劇、旅行と、生活が多様化していたが、画家に転向した45歳以後は一変して、創作と生活が分け難くひとつに結びついてしまった。つまり絵を描くことが、即生活になってしまったのである。ヘッセのように造園や水彩画を趣味とする生活が僕の中からは完全に蒸発してしまって、絵が仕事ではなく趣味に変わってしまった。

ヘッセにしてもデュシャンにしても、彼らの求めたのは自由である。ところが自由に生きるための目的が、実は芸術至上主義にあったということに気づいた彼等は、そのこと自体が自由の支障の原因になっていることに「アッ」と思ったのである。多くの芸術家は芸術の中だけで自由に生きていればいいという妄想に気づいていない。芸術家は、生活の中で自由に創造することが、芸術であると考えている。つまり芸術至上主義である。（ここから先は少しメンドー臭い話をしますよ）

芸術至上主義は、自然と人間に対する礼節を尽くすことではなく、ただ漠然と芸術にのみ礼節を尽くしておれば、事足りると考えているのではないだろうか。

では、芸術とは何か？

自身の作品のみを創作することではないのか？

では、自分自身の作品とは何か？

自身の自己満足に過ぎないのではないか？

つまり自身に向ける礼節に他ならないのでは？

それは、自己陶酔の極みではないのか？

ところがヘッセや、デュシャンは自らの礼節が整うまで作品を創作することはなく、ひたすら自由の生活に没頭する。なぜなら、礼節は生活の中で磨かれるからだ。従って礼節のある生活こそが「成るように成る」芸術を生むのである。三島由紀夫が僕の耳にタコができるほど説いた礼節を強調した意味がここにある。

「芸術は無礼であってもいいが、生活においては、礼節が必要である。なぜなら礼節が創造と結びついた時、初めて作品が霊性を帯びる」と。つまり作為がなく、かつ、生活に即した生活から生まれる作品が可能となる。従って芸術を観念としてとらえる芸術至上主義とは真逆の生き方である。

「成るように成る」とは生活者としての生き方と、表現者としての生き方が、共に「成るように成る」作品を生みだすことになるのではないだろうか。

では、僕の場合は？　生活のない生活であることに気づく。しかし、アトリエに籠もって絵を描き、絵を想うそのこと自体が今では僕の生活になってしまっている。だから、生活が絵そのものになり、絵が生活そのものになって両者が一対のものとして、そのまま生き方になってしまっているとしかいいようがない。ケッタイなことだ。

だったら、やることはひとつ。「遊ぶ」しかない。絵を遊べばいいということになる。直感も閃き（ひらめき）も関係ない。思ったことをやればいい。そんなことさえ考えることはない。描きたいものがなければ、ピカソみたいに目の前の窓を描けばいい。デュシャンは描くものがなければ、描く必要もないのでチェスをやればいい。描くものが失くなったら、失くなったことを描けばいい。頭から芸術のことを一切排除して、ただ、ウォーホルのように機械になって描けばいい。目的も大義名分も失くなった状態を描けばいい。何でもありをどこまで出し切るか、遊びの究極はそれ自体が目的だから、如何にデタラメを生きるかにつきる。そんなデタラメを自戒を込めて僕は妄想している。

何も考えないことで、何かを考えた以上の世界にいける

予感について何か？　と言われても、普段、別に予感を求めているわけでもないので、予感が働いているのか、いないのかよくわかりません。

だけど人間って、目に見えないアンテナを立てて歩いたり、仕事をしたりしているはずですが、あんまり意識はしていませんよね。予感をキャッチするための技術なんか書いた本などあるかも知れませんが、予感は何も求めていない時に、フト感じることを予感というのですかね。

求めて得るものは予感ではなく考えでしょうね。予感は考えではないと思います。つまり脳の作業ではないような気がします。脳の作業から自由になった時、フト浮かぶ「何か」を予感というんじゃないでしょうか。

僕は昔、禅寺に参禅していたことがあります。老師は何も考えるな、と言いますが、やっぱり考えます。考えから解放されて、自由になった時、理不尽にフト浮かぶことがあります。そのフトがもしかしたら予感なのかも知れませんが、これとて、予感なのかどうなのか実に不確かなものです。浮かんだからと言って、このことに拘（こだわ）るとそれは別に予感でもなんでもなく、単なる思いつきみたいなものです。

とにかく、考える、考えないということからさえ自由になっている時に「感じる」ものを予感というのではないでしょうか。予感は「考え」と区別する必要があります。腹がへった、眠い、という身体的感覚は予感でもなんでもないです。

では予感とは、ごくまれにしか起こらないものでしょうか。僕はそうは思いません。むしろわれわれは常に予感の大海の中で漂っている存在ではないでしょうか。自分の肉体、自分を取りまく大自然、宇宙、それらは実は予感のマザーコンピューターのように、予感に満ち溢（あふ）れているように思います。これを時にはアカシックレコードと呼ぶことがあります。実は肉体の内も外も予感に満ち溢れているのではないかと思います。人間に必要な全知識が実は自分の肉体とその外側にビッシリと一分の隙もなく、ベタベタに埋まっているように思うのです。

人間に必要な全知識がアカシックレコードとして隙間なくこの広大な宇宙の空間の中にギシギシにつまっているように思います。全宇宙がスマホの情報みたいに、いやそれ以上で、太古から未来に至るまでの情報がワンサとつまっているのです。われわれが知っているのはそのほんの豆くそほどの知識です。

人間がもし、アカシックレコードとコンタクトを取ることが可能なら、何も一流の大学に行かなくても、この人間を取りまく空間自体が知識のルツボなんだと思います。だから、ある意味で知識をつめ込む勉強などしなくても、本来が知恵そのものの存在なんじゃないでしょうか。

道元禅師は十代で仏門に入りました。大学には行っていません。だけど、彼は物凄い知識や真理を得ました。どうしてこのような真理に到達したかというと、何も求めないことを求めた結果到達した世界観だったんじゃないでしょうか。

坐禅を通して何も考えない、求めない、まあいえばアホになる修行をした結果、次から次へと湧き起こる予感の連鎖の中で、あのような知性や感覚さえも超えた霊性に達した人ではないかと思うんです。言葉をかえればアカシックレコードと自由自在にコンタクトできる領域に到達したんじゃないでしょうか。

何も考えないことで、何かを考えた以上の世界に達したように思います。僕は道元禅師のことはそんなに詳しくは知りません。だから仏教学者からすれば僕は寝言を言っているのかも知れません。なぜ道元禅師の話になってしまったかといえば、フト予感がした（笑）結果です。

まあ、自己流の勝手なことを言ってしまいましたことをお許しいただきたいと思いますが、われわれから予感が奪われてしまったのは、あまりにも脳の機能に頼り過ぎて、知識をつめ込み過ぎた結果、予知の機能が働かなくなったんじゃないでしょうか。

考えて、考えて、考え抜いた結果到達したコンセプチュアルアートが現代美術の最先端を走っていますが、僕のやっていることは真逆の方向です。この欄でも何度も書いてきましたが、如何に考えない美術を描くか、というのが僕のスタイルです。頭を空っぽにして、フト閃くものを、ただキャンバスに移すだけです。意味も目的もありません。

僕自身が何かを描こうとはしません。絵が求めるものを絵に代わってお手伝いするだけです。考えでギューギューづめした作品と違って僕の作品は何もない、空っぽの作品です。これを予感のアートとは言いませんが、「こんな絵が描けちゃいました」というアートです。

思考に左右されている間は自由ではない

45歳で、グラフィックデザイナーから画家に転向したが、アトリエがなかったので、美術館の空いたスペースがあれば、貸してもらえないかと頼んだところ、公開制作というイベントにしてもらえれば可能だといわれた。人前で絵など描いたことがないので、とまどったが、絵が描けるなら仕方ない。そんなわけで、どこへでも出掛けて絵を描くことになった。

公開制作はまるで舞台で演じる役者と観客の関係に似ているが、役者は台本に従って演技という表現を観客に見せる職業で、僕は役者でもなければ描く姿を表現したいわけでもない。絵を描くための美術館側の条件に従っているわけだから、見せ物ではないが美術館は人を集めて見せ物にしたいのである。

まさか画家に転向すると同時に人前で絵を描く羽目になるとは想像だにしていなかったが、観客の前に肉体を晒すことで絵を描かなければならなかったのは、大勢いる画家の中でも見せ物になって絵を描くことからスタートしたのは恐らく僕ぐらいじゃないかな。最初は非常に屈辱的な気分を味わわされたが、画家の道を選んだ以上運命に従うしかない。

僕はオーケストラの指揮者同様、観客に背を向けたまま、タクトを筆に変えて、大きいキャンバスに叩きつけるのである。僕の背後の観客は、固唾をのんで僕の一挙手一投足を見守っている。静寂の中で僕の息づかいと筆の走る音だけが自分の耳に入る。芝居のように台本があるわけではない。アトリエで描くのなら、キャンバスから離れ、腰を掛けて、絵の進行具合をじっくり眺めながら、時には冷蔵庫をあさりに行ったり、トイレに用をたしに行ったりするのだが、観客の前では、そんな勝手な日常の行為は許されない。

観客は、まるで目の前で起こりつつある「事件」のなりゆきを目撃しているようである。筆を置いて立ち止まることも許されないほどの緊迫した雰囲気が背後から暗黙のうちに伝わってくる。観客の緊張がそのまま僕の肉体に食い込んでくる。

ところが僕は次第に、この観客の想念が背後から襲ってくるのを利用して絵を描いていることに気づき始める。その時、想念がエネルギーに変換して、そのエネルギーが僕の創造エネルギーと一体化して、思考を越えた境域で僕は観客によって描かされていることに気づくのである。それはどのような感覚かというと、思考が働かない感覚である。ただ筆を持った肉体が、脳を離れて、ひとり歩きをしているのである。脳の機能は完全に中断して、観念も言語も完全に僕の中から、肉体の外側へ放出してしまっているという不思議な感覚に襲われるのである。

マラソンランナーがランニングハイになると聞くが、それに近い感覚かも知れない。筆は僕の思考を無視して、勝手に宙を泳いでいるように感じる。勝手に絵がひとり歩きしながら絵の好むように絵が絵の境地で遊んでいるような感覚である。

公開制作で描いた絵と、アトリエで描く絵は全く違う。何が違うかというと、公開制作の絵の方が、うんと自由な表現をとっている。アトリエで描く場合は逆に思考が邪魔をするが、公開制作では思考は僕の外部にあって、内部は空洞化した状態で、最も創造的な瞬間を演出してくれる。思考に左右されている間は、自分が脳にしばられているので、なかなか自由になれない。それが公開制作で、他者に肉体を晒し、自分の中で隠すものがなくなるために、自分自身が快楽と自由を獲得しているのだろうか。とにかく解き放たれた状態の持続する時間の中で好き勝手放題になれるのである。

つまり、いつの間にか自我から解放されているのだ。観客がいるにもかかわらず、観客意識がない。たかが絵じゃないか、上手いか、下手かしかないのである。究極的にはどうでもよくなってしまうのだ。もっといえばヤケクソになって描いているのだ。時には手抜きもするが観客は全く気づかない。世阿弥が橋掛かりから舞台に行くまでの間に観客の心理を読んでしまう。今日の観客は質が高いか、低いかを一瞬で察知してしまうらしい。そして大した観客ではないと思えば手抜きの演技を見せるらしい。高度な演技を見せても、相手は理解できないからだ。

まさか、公開制作で、このような観客の判断は僕にはできない。なぜなら能のように観客に見せるために、描いているわけではないからだ。第一、自分の絵が質が高いか低いかもわからない。そこは僕が演者でないからだ。

つまり画家はサービス精神で描いているわけではないのである。

どんな性格でも必要としているのがこの社会

その人特有の性質がある。それを性格という。持って生まれた性格はそう簡単に変えられないように思う。いい性格の人も悪い性格の人もいるようだが、僕が思うに、性格がいいとか、悪いとか、本来そんなものはないような気がする。それが良く見えたり、悪く見えたりするのは、時と場合によって、そう見えるだけで、受け取る側の問題のような気がしないでもない。どうも性格は欲望と結びついているように思う。欲望のない人はいないので、相手の欲望を受け入れるか、それに抵抗するかによって、性格は長所になったり、短所になったりするだけの話ではないだろうか。

そこで、自分の性格を考えてみよう。一口に言って僕の性格は、どうも子供っぽいというか、未熟性と幼児性に支配されているように思う。それを「直せ！」と言われたって直らない。また直してしまったりすると自分ではなくなる。僕は芸術にたずさわった仕事をしているが、創造の根源に不可欠な要素として未熟性と幼児性が必要である。一般的な大人がわかり切ったようなことを言ったり、したりするのを見ていてゾッとすることがある。こういう大人は、世間一般の常識や通念を引っぱり出して、社会的、道徳的な説教をする。そして如何にも知的な教養人のふりをする。そして本人はそれで充分満足しているのであるが実は芸術にとって、このような人種は敵である。

もし、僕がアーティストでなければ僕の性格は困り者の人間に属するかも知れない。つまり未熟性と幼児性が、創造以外の場所で発揮された場合である。僕の性格は基本的に優柔不断で、何をやっても飽きっぽい。なぜなら気分で行動するからだ。計画を立てたり、予定を組んで、下調べをちゃんとやって行動するのが苦手である。また何をするにも練習が大嫌いだから、いきなり本番でなきゃ、力が発揮できないのである。

だからアスリートには向かない。そのくせ、身体性で物を考えるから、行動はスピーディーで、この点はアスリート的である。だけど長続きしない。すぐ違うこと、別のことに目移りするので、ひとつのことに熱中できない。あれもしたい、これもしたいと、好奇心の強い子供みたいになってしまう。そんな性格だから絵を描いても、自分の特定の主題や様式が持てないので、日替わり作品を描いてしまう。

画廊は展覧会をする度に異なった絵を出品するのでコレクターが、どれが横尾の絵かわからないといって、買うことに躊躇（ちゅうちょ）してしまう。評論家は評論家で脈絡がない作家は取り上げにくい。気が多い上に飽きっぽいので、作家のイメージが固定しにくい。だから当然、評価の対象から外れてしまい、投資の対象にもなりにくい。子供は何をやってもすぐ飽きる。僕はその子供の習癖をそのまま大人になっても手放さない。なぜなら大人になりたくない症候群だからで社会性と切り離された創作時にはそのまま幼児の未熟性が出てしまうのである。その上、多義的なマルチプルな性格だから、ひとつのアイデンティティーに絞れないときている。ある意味で近代主義（モダニズム）的な絵画制作にはほど遠い性格といっていいだろう。だから時代の要請に合わすことができないのである。

ところが、現代は社会そのものが多義的な要素を必要としている。すると人間も社会に対応するためには多義性が必要となり、マルチ人間も出てくる。幸い僕の性格がそのままこのマルチ社会に適応することになり、僕の作品の多様性がそのまま社会の要請と合致し始めることになった。社会の要望にわざわざ合わせる必要もなく、僕の多義的な自然にそのまま対応するだけでいいということになった。時代が逆に僕に合わせてくれたのである。

人間の如何なる性格も社会と切り離して存在していないので、必ずいつか、どこかで社会と一致する瞬間と遭遇するので、わざわざ性格を変えようと努力などする必要はいっさいないのである。逆に社会と対応するために、わざわざ性格を変えたり、合わせたりする必要もない。人間が自然の一部であるように人間は社会の一部でもある。だから極力自分の性格を認識し、自らの性格を全うすることを必要とすればいい。うまくいっていない場合は多分、自分の性格を生かし切れていないからである。自分の性格に忠実であろうとしないで、誰かの生き方をまねても、自分の性格にないものは身につかない。おっちょこちょいな性格ならそのおっちょこちょい性を生かす職業を探せばいい。怒りっぽい性格なら、それを生かすプロレスやボクシング選手になればいい。どんな性格だって必要としているのがこの社会である。社会に適応しない性格などないんだから。必ずピタッと当てはまるようになっているはずだ。

何もない空間に一歩踏み出す勇気

行楽シーズンになりました。ぜひお薦めしたい所があります。ベネッセアートサイト直島代表の福武總一郎さんからの誘いで瀬戸内海の豊島（てしま）に「豊島横尾館」が２０１３年に設置されました。最近はテレビでアートの島、直島についで豊島がクローズアップされています。その豊島の玄関口に古民家を改装した「豊島横尾館」がフェリーから降りた人たちを迎えてくれます。

神戸の横尾忠則現代美術館につぐもうひとつの個人美術館です。この美術館はスイスのアルノルト・ベックリンの「死の島」に想を得てデザインしました。僕の１９７０年大阪万博の「せんい館」につぐ、２館目のパビリオンでもあります。ベネッセグループ創始者の福武さんの「よく生きることは、よく死ぬことだ」という企業理念に基づいて発想したパビリオンで、福武さんはここを自らの「葬館」にしたいと考えられました。

この頃、僕はベックリンの「死の島」をモチーフにした絵画作品の連作を制作していたので、福武さんの構想を、そのままパビリオンのコンセプトにしました。館内に設置されている作品は僕の全作品の中から、福武さん自身が選ばれたものばかりで、僕の主要作品のほとんどが展示されています。他の美術館なら絶対コレクションしないだろうと想像する死に関する作品が大半であるというのも大変興味深いです。

そしてこの建物で僕が最も重視したのが建物の中央に立つレンガの塔です。この塔はジョルジョ・デ・キリコの「イタリア広場」に立つレンガの塔と対応しています(キリコが尊敬する作家が期せずして、「死の島」のアルノルト・ベックリンでもあります)。このレンガの塔の内部には世界中から蒐集(しゅうしゅう)した滝のポストカードを貼り巡らし、天井と床を鏡にすることで、天と地を無数の滝のポストカードで万華鏡にメタモルフォーゼさせてしまいました。この塔の内部に足を踏み入れたほとんどの人は恐怖的な異次元体験をしますが、何もない空間に一歩を踏み出す勇気を試されることになります。

無数の滝の水はここでは男性器を象徴する塔と共に、滝そのものが精液のメタファーでもあります。そしてその精液は建物の外部の庭園の中央を流れるタイルの川はナイルの河へと合流します。このナイル河はこの「横尾館」の入り口に展示されている「天ニアルモノヲ見ヨ」というエジプトのクフ王の墓であるピラミッドの絵と対応します。クフ王とはまた福武さんの「フク」とも対応、つまり「クフ王」はここで「フク王」に変身してしまうのです。

庭園いっぱいに敷かれた砂はエジプトのピラミッドを囲む砂でもあります。川（ナイル河）に沿って配置された赤い岩は、「葬館」を物語る装置として、わが国の三途の川を描写したものです。三途の川という死のイメージに対して、生のイメージを象徴する鶴と亀の像を川の周辺に配置しています。そして、庭園の背後にはベックリンの「死の島」に描かれた糸杉を植樹して物語性を強調し、ナイル河＝三途の川を造形しました。

さらに河底にはタイル模様が描かれていますが、このタイル画は、建物内部に展示されている三点連作の「原始宇宙」の右端の抽象画が絵という虚像の中から、タイルという現実の物質へとメタモルフォーゼしたものです。また川の中に泳ぐ鯉は、僕の考える動く彫刻でもあります。

パビリオンの解説はザッと以上のようなものでありますが、現物をまだ目にしていらっしゃらない方には、僕のこの解説は抽象的で何が何やらおわかりにならなかったのではないでしょうか。もし、この「豊島横尾館」へ行ってみようと思われた方は、この僕のテキストを持参して、現物と照合しながら見ていただくと、より興味を持たれるのではないでしょうか。

ああ、もうひとつ言い忘れていました。それはトイレです。用があってもなくてもぜひトイレのドアを開けて内部に入っていただきたいと思います。全面歪(ゆが)んだ鏡張りの空間の中に便器があります。万華鏡化されたトイレなので、驚いて用をたさないまま出てきたという人に何人も会いました。ぜひ勇気を出して用をたしていただきたいと思います。

このパビリオンの内部や庭園を覆う赤い色は、僕の子供時代に空襲で夜空が炎で真っ赤に染められた光景の記憶です。したがってここでの赤は死と生の両義性を共有しています。ここまで読んでいただいた方で、ぜひ現場に足を踏み入れてみたいと思われた方がいらっしゃれば騙(だま)されたと思って、瀬戸内海に浮かぶ豊島に足を伸ばして、ぜひ「豊島横尾館」に行ってみて下さい。行って下さる方に過去完了形で先にお礼を申し上げます。「どうもありがとうございました」

目先のやることはすぐに終わらして、常に空っぽにしておく

「今さらですが、いつも原稿を書くのが早いのですが、一気に書き上げるのですか、またいつ書くのですか」

おかしな質問ですが、僕はイラチ（せっかち）な性格なので、何でもすぐやらないと気分が収まらないんです。ワーワー催促されるのが嫌なんですよね。生きるとか、創作は思想のような堅苦しい理屈ではなく、どちらかというと生理的というか気分先

行です。

絵もアーティストというより僕はアスリートに近いと思っています。考える余地を与えないで、サッとやるのが性分に合っています。脳派というより肉体派です。脳を頭だけではなく全身に巡らすので、「肉体の脳化」と命名しています。考える余地を与えると、どうしても遅くなって、アーでもない、コーでもないと決定に迷いますが、考えを肉体に宿すと、その時の気分というか、直感が決定してくれて、先ず迷うことがないので、進行が早いのです。

ご質問のいつ書くか？　は、いつとも決めていません。その時々の気分です。書く態勢は常にできています。まるで物書きのようないい方ですが、いつ、どこでも書けます。この原稿は成城の駅前のレストランで、料理を注文している間に原稿用紙に書いています。パソコンのような近代兵器は使えない根っからのアナログ人間です。アトリエには仕事机がないので、お店のテーブルかカウンターが仕事机になったり、アトリエのソファで足を伸ばした状態で原稿用紙を立てかけて書いています。

森鷗外は仕事机ではなく、家のどこでも、旅先でも、執筆に決まった場所がなかったと言っています。ルネ・マグリットという画家もアトリエがなかったので、家の中ならどこでも描けたそうです。谷内六郎さんの家に行くと台所で描いていました。僕の絵は大きいので、イーゼルにキャンバスを立てて描くことは滅多になく、壁にキャンバスを立てかけて、立ったりしゃがんだりの屈伸運動を繰り返しながら描きます。

絵を描く行為は常に自由でなければなりません。絵の主題も、様式も、肉体もアスリートのように瞬発力が必要です。いちいち考えていると身体が自由に動きません。文章を書く場合だけは身体を固定して書きます。文章は思考なので、僕は文字として早く原稿用紙に定着させるために、話すスピードにはかないませんが、なるべく話すように早く書きます。作家じゃないので、特に文体を意識したり考慮しながら書くというようなことはないです。

ここまではレストランで書きましたが、ここから先は自転車でアトリエに戻ってから、この続きを書くつもりですが、アトリエの帰路にふと、沢山の樹木に囲まれた公園に立ちよってそこのベンチでこの原稿の続きを書きたくなりました。今日は風もなく、初夏のような暑い日差しが差しているので着ていたジーンジャケットを脱ぐことにしました。すでに鮎川さんのご質問にはお答えしたように思うのですが、仕事がたまるのがストレスになるのでなるべくストレスをためないために、というか、目先の仕事は早いとこ片づけて、いつも空っぽ状態にしておきたいので、そうした体調管理のためにも（ちょっとアスリート的でしょう）頭も肉体も無の状態にしておくことで、実はこの間が充電期間になっているのかも知れませんが、そんな理屈はなるべく肉体から排除というか断捨離しておくのが健康ではないかと思います。

よく手帖を持ってスケジュールを書き込む人を見ますが、手帖など持っていると手帖のためにスケジュールを入れたくなって、その結果自分の人生をスケジュールだらけにしてしまうことで充足している人もいるかも知れませんが、こんな生き方をしていると短命に終わりそうです。

僕が仕事を早く片づけるのは、何もしない時間を沢山作りたいからかも知れません。また一日中スマホを見ている生活の人も時間を食いつぶすことに終始し、それを快楽と勘違いしているのではないでしょうか。

一見無駄な何もしない時間を食いつぶすとは負の行為に見えますが、逆に何もしない時間の圧力のようなものが、突然、創造の衝動となって、いても立ってもおれないほど創作意欲をかり立てる動機になることもあります。そのことを無意識が知っているために、何もしない時間を充電時間として、やがて起こる衝動を待っているのかも知れません。そう考えると無駄な時間こそ有効な時間ということになるのではないでしょうか。このような決断は頭が決めるのではなく、肉体が決めるのです。肉体は霊体ともつながっていますから知性より霊体というのが僕の思想（死想）であります。すでに鮎川さんの手元に先の〆切の原稿が2〜3本入っているんじゃないかな？　プレッシャーだと思わないで下さい。

第三章

病気と健康はなるようになる

老人の病気はただの老化現象

深夜、突然激しい息切れと動悸に襲われた。普段から少し動いたり歩いたりするだけで、息苦しくなっていた。コロナ禍が始まる少し前ぐらいからその兆候はあったが、それが安定している睡眠時に起こった。手はしびれて氷のように冷たい。這うようにして二階の妻の寝室までやっと辿り着いた。

「救急車を呼びましょう」と言って妻は秘書の徳永を呼んだ。救急隊員がどやどやと家の中に入って、玄関から車輪付タンカに乗せられて救急車の中に運ばれた。救急車に乗るのは2年振りだった。あの時は高熱と喘息、肺炎の危機で外来救急のあわただしい診察に命の終焉を妄想して恐ろしかった。今回とて、救急車で運ばれること自体、危険領域に達しているという強度の不安感に襲われていた。

この日の午前10時半にすでに内科の主治医の予約を入れていた。深夜の診察の結果のデータはすでに主治医に伝えられていた。長時間の問診の結果、運動負荷心電図をとることになったが、特に異常は見られなかった。結局原因不明で、特定の病名はない。病名のない病気は僕にとっては不安だ。想定できる範囲内での精密検査を今後も続行することになって、今日はとりあえず帰宅することになった。

日常生活では、ゆっくり歩くことを薦められた。この数年間、歩行もままならない生活習慣に原因があると自己診断していたので、生活を改善するために明日から自転車と歩行を交互にしながらアトリエに通勤することに定めた。元気になることを目指すのは若返りを目指すことなので、これは難しい。元気になろうと頑張らずに、持てる能力で出来ることを考えるべきだ。鍛えるための運動は良くない。自分のペースで無理のない範囲で歩くのは良いが筋肉を維持することはできない。今日の検査の結果では狭心症や心不全の心配はないと診断されたので論理的には病気ではなさそうだ。

では現在起こっている身体の異常は一体何に起因するのだろう。それを究明する不安と同時に、愉(たの)しみもなくはない。現在、自分の中に起こっている症状を解消するのは、身体的な治療よりも、哲学的な思索による解決法を探る方が先決ではないかなあ、と考えた時、マルクス・アウレリウスという哲学者の「自省録」の中の言葉がフト頭を掠めた。

「自分のことをすでに死んだ者、今の今まで自分の人生を生きつくした自分として考える。そして残った人生を、自然にしたがって適切に生きること」とおおよそこのように語っている。だとすれば、息切れも動悸も自分に与えられた自然体と考えてみてはどうだろう。僕が絵を描く時、体力の低下、右手の腱鞘炎というハンデキャップがある。従って、そのハンデキャップを自然体として認めることを前提として絵を描くようになった。その制作時の考え方をそのまま、現在の日常生活に置きかえれば、息切れも動悸も単なる肉体のハンデキャップだ、と考えられないだろうか。

街に出ると僕と同年に近い老人が、杖をつきながら、すり足、牛歩で、ゆっくり、ゆっくり歩いている。あれを病気とみるか、老化現象とみるかだ。僕はあれを病気としてみているのかも知れない。でも検査の結果、病気ではないらしい。すると全ての老人はこうなる運命にあるのかも知れない。僕のかかえている問題は、どうも自分を老人と認めていないところから生じている仮病ではないのか？

医師に聞くと僕と同じ条件の患者が僕と同じような質問を投げかけてくると言われる。病気として登録されてないものを病気では？　と疑問視するところに生じるズレを僕は病気と考えているのかも知れない。疑わしい色んな検査の結果をひとつずつ否定していった結果、医学的に病気でないという結論に達すればそれなりに僕は納得して、息切れ、動悸と共生共存できるのかも知れない。

一年前の体力と今の体力は同じでないというのが前提だが、僕はその前提を認めていないのかも知れない。だって目を閉じれば、ついこの間まで横断歩道を走って渡っていた。そんな自由な動きができた自分と、今の自分の間にかなりのズレがある。アトリエで無為の状態でソファーに寝ころがっている自分は10年前、20年前の自分と全く同じで、若い気がする。ところがソファーから立ち上って動き出すと、再び息切れと動悸だ。その途端、僕は瞬時に病人に早変わりする。

人生の岐路というか、肉体の岐路に立っている自分は、かつて一度も経験したことのない未知の入口に立っている。これが85歳の肉体かと思うと、僕よりも年長の老人で元気な人は何人もいる。老人は一様に老人になるのではないという現実を、今、まざまざと見せつけられている。僕の病気はどうも自分を老人と認めず、まだ若者の延長にいるというシン・老人意識のせいかも知れない。それにしても救急車で搬送されたことも、老齢になると全てアートのように思えた。

絵を描くことは人間を健康にしてくれる

この前は絵の見方でしたが今週は「はじめて絵を描こうと考えている人へ向けてのアドバイスとメッセージ」ですね。

そんなセオリーがあるんだったら僕も知りたいです。僕は物心がついた頃から絵を描いていましたが、誰からも教わったわけでもなく、一人っ子で友達もいないので、絵を描くぐらいのことしかなかったんだと思います。今でも子供は画用紙とマーカーを与えると絵を描きますよね。ほとんど本能のように描いているじゃないですか。これでいいんです。

このまま絵を描き続けていて気がつくと画家になっていたという人は沢山いますね。僕もその内のひとりかも知れませんが、僕の場合は、絵を描くのが三度のメシより好きというわけでもなかったように思います。幼児の頃はすることがなかったので絵を描いていたわけで、まあ遊びの延長ぐらいに考えていたような気がします。

ただ僕は今の子供のように好き勝手に思いついたまま描くという児童画や想像画や、写生などには全く興味がなく、誰かが描いた絵をそっくり写す、つまり模写することが好きだったのです。今の子供でもマンガを模写しますよね。それと同じです。ただ僕の違うところはマンガみたいな単純な絵を模写することには興味がなく、写実的な絵を模写することに快感がありました。

現存する僕の模写画は『講談社の絵本』の〈宮本武蔵〉の巌流島の決闘シーンを描いた絵ですが、これは5歳の時の絵で今の絵とさほど変らないように思います。右下の佐々木小次郎の両足は実際の絵には描かれていなかったので、別の頁のサムライの足の部分を移植して、コラージュしたものです。

現在残っている子供の時の絵はこの一枚だけですが、当時、他にも沢山描いた記憶はあります。高校になって油絵を描くまでは、誰かの挿絵の模写や映画スターの肖像画ばかりで、将来、画家になろうなんて全く考えもしないし、ただ模写だけに興味があったように思います。

その後、社会人になってデザイナーとして生活するのですが、デザインだって、別に好きだったわけではありませんでした。今回の鮎川さんの質問の「はじめて絵を描こうと考えている人」達に僕のしてきたことがアドバイスやメッセージになるとは思いませんが、僕のような仕方で、画家になった人間もいるということに興味を持たれるなら、僕みたいな独学で、または別の方法で絵の世界に興味を持たれてもいいのではないでしょうか。

何も画家になるために美術大学に行く必要もないかも知れません。しかし絵を描くことで画家として大成したいと思われるなら美術学校に行って下さい。でもプロの画家を目指さなくても絵を描くことを楽しみたいなら、別に画家にならなくてもいいわけです。プロの画家になると、仲間とシノギを削ったり、野心や野望を持って、社会的な成功を獲得するためにヘトヘトになることも覚悟しておいた方がいいでしょうね。

ここまで書いてきて、僕はフト考えました。絵はなぜ描くのかということをです。絵は苦しみのために描いているのではないかと考えることがあります。絵は愉しみのために描くのに苦しむなら意味のないことです。こういう生き方はプロの画家にまかせておいて、ただ純粋に絵を描きたいと思う人は、僕が子供の頃、模写ばかりやっていた頃のあの初心こそ絵の原点ではないかと思うのです。

絵には大義名分的な目的はありません。何々のために絵を描くのではなく、絵は描くことそれ自体が目的でなきゃならないものです。大げさにいうと絵は人生や生活を豊かにするために描くのです。アマチュアであろうと、プロであろうと絵の原点は変りません。プロになると様々な煩悩と出合って、絵を描くことが苦しみに変ります。しかしその煩悩によってプロは成長するのですが、はじめて絵を描こうとする人は純粋な気持ちで絵を描いて下さい。絵は正直なので、不純な気持ちで描くとそのことがそのまま絵に表れます。病気の人が絵を描けば絵は病的になります。クセや性格がそのまま絵に反映します。絵はウソがつけないので、その人のありのままの姿を写します。

そして絵は間違いなく健康にしてくれます。絵に限らず芸術は人生にとって必要不可欠です。創作するのも観賞するのも、とにかく芸術に関わる生活は間違いなく幸せにしてくれます。

アンリ・ルッソーの本職は税関吏で、趣味で絵を描いていました。誰の影響も受けない素朴な絵です。そんな絵がピカソの眼に留まって、彼は日の目を見ることになり、今では世界の巨匠です。そんなルッソーはプロを目指したわけでもなく、好きで描いていた絵の結果がたまたま彼に幸福をもたらしたのです。上手くなろうとしなくても、その日、その時の気分で描いて下さい。きっと人生が変ります。

障害は新たな生きる態度を作ってくれる

ある時、千葉に発生した竜巻のニュースをテレビで観ていたら、突然、耳の中でトルネードがクルクルと螺旋(らせん)を描いたかと思うと、ツーンと耳の中に水が入ったような音なき音がして、世界と遮断されてしまった。突発性難聴の始まりだった。

話すことはできるが、僕の話した言葉に返ってくる相手の言葉の意味が通じない。一語一語の言葉に朦朧(もうろう)とした輪郭ができて、それらがぶつかり合っているように聞こえる。だから意味をなさない。耳元で大きい声でしゃべられれば、耳が痛いだけだ。補聴器で音を調整しても、最初だけで辺りの環境音を拾ってしまうので、ただただうるさいだけで、次々と補聴器を取っかえてみたが、効果がない。外国の高価な補聴器を2台買って、120万円を捨てたと同様、どっかへ行ってしまった。

そこで補聴器を止めて、テレビ局などで使用している発信用と受信用をお互いに会話する者同士が装着して、なんとか会話を成立させることに成功したが、他の人と会話をすることは不可能である。

以前、瀬戸内さんが、「難聴になると作品が変わるわよ」と言われた。作品が変わる前に生活ができない。僕の主治医も諦念してか「横尾さん、立派な社会的身障者ですよ」と、まるで選ばれた人のように誉められているのか、同情されているのか、まあ先生にすれば、耳が聴こえないと、雑音が入らなくて、静かでかえって絵が描きやすくなりますよ、と言われているような気がしないでもない。

もう今ではすっかり難聴に慣れて、簡単な会話はホワイトボードに文字を書いてもらって、会話をするようになった。とにかく人との会話が少なくなったので、人としゃべる必要がないことだけは事実である。ますます内面的な人間になって、絵との対話がほとんどなので、絵の数がどんどん増えていく。85歳の人生の中で今ほど沢山絵を描いている時期は過去にもなかった。

瀬戸内さんの遺言めいた言霊のせいか、本当に絵の主題も様式も何もかも変わってしまった。まさか人生の後半に耳が聴こえなくなるとは思いもよらない僕にとっては人生の大事件ってことだろうね。これから音楽家なら大変だけど、幸い画家で不幸中の幸いです。

では、どのように絵が変わったかというと、絵を描く態度が変わった。人との交流がなくなった分、絵を相手に独り言を言うようになった。つまり言葉の代わりに絵を描くことで絵と対話することが多くなった。「ここに赤を塗ろう、いやちょっと待てよ、黒の方がいいかも？　いや何も描かない空間として残しておこう」と、こんな風にして一枚の絵ができるまで、心の中でしゃべりっぱなしである。この場合の話相手というのは、フト浮かぶインスピレーションが対話相手である。何かを問う（思う）と、必ず霊感に似た返答が頭に浮かぶ。これが絵との対話なのである。だから一枚の絵ができ上がるまでに、思案や問いを連続的に発信する。すると向こう（絵の方）はどんどんインスピレーション（霊感）を与え続けてくれる。何もしなくてもまるで悟りのように答えが返ってくる。

まあ、難聴が悟りへの道とは思わないけれど、印象派のモネは、晩年、白内障になって、ほとんど失明状態で、抽象画の先駆的作品を描いた。ルノアールはリウマチだかになって絵筆を手にしばって描いた。ベートーベンも難聴になってからも傑作を生んだ。と考えると身体的ハンデキャップも悪くない。ハンデキャップに抵抗するのではなく、ハンデキャップを自然体にしてしまえばいいわけだ。

僕の近作は、難聴と同様、手が腱鞘炎を起こしているので左手で描くことがある。左手は慣れていないので、線を真っすぐに引けないで、ぐにゃぐにゃ蛇行したり、人物の表情など、とんでもない顔になってしまう。わざわざデフォルメする必要がない。勝手にデフォルメをしてくれる。実に便利がいい。

五感の内のひとつが狂ったために、残る四感も連鎖しているらしく、次々とハンディを起こし始めている。耳と同様、目も朦朧体になるし、鼻は年中、花粉症、咽(のど)は万年喘息持ち、触覚の手は、腱鞘炎でしょ。あと残るのは第六感に頼るしかない。五感がダメでも第六感があるさで、あとの残り少ない人生をアカシックレコードにアクセスして、何とか、誤魔化して生きていくことになるようだ。

まあ、言ってみれば芸術なんて、誤魔化しの天才が歴史に残っているわけだから、何も恐れることはない。真面目な芸術愛好者にはドキッとされたかも知れないが、われわれ美術家にとっては、「タカが美術じゃないか！」という精神でやっているんですよ。

心筋梗塞で緊急搬送されて死の入り口を見た

大変なことが起こった！　安倍晋三元首相の襲撃事件の五時間前、早朝六時、突発的な胸の激痛に襲われ救急車で搬送。かつて一度も経験したことのない胃から胸に突き上げてくる壊滅的苦痛に死の予感が走る。ああ、これが死の瞬間か、だったら穏やかに朦朧（もうろう）状態に陥って安楽死させてくれや、と内面の声が叫んでいる。

院内をあわただしく、ストレッチャーで走行しながら採血と心電図。次の瞬間下半身裸にされて容赦なく尿道にチューブを挿入。全身の苦痛が尿道に集中。×◎△□☆？％状態。チューブはそのまま膀胱内に放置。おむつ老人のまま、次なる手術は右手首の血管から心臓へカテーテルを注入。麻酔の注射が痛てて。モニターには一体何が写っているのか。まるで「ミクロの決死圏」状態で、生身の人間のサイボーグ化。ＳＦ世界で何が進行しているのか、さっぱりわかりません。

医学的に解説するとこういうことです。

心臓カテーテル検査で、血管に細い管を入れて画像診断をよりわかりやすくする造影剤を心臓の血管に注入して、血管の詰まり、狭窄を見ると、左の血管の一本が詰まっており、後ろの一本の血管が狭くなっていたことが判明。腕には点滴が入っていて血管がなかったので、足の動脈から管を入れられた。また、造影剤が体内に残ると腎臓に負担がかかるので、点滴で水分を補って尿として排出させる。検査中は動くと危険で、動けない状態にあるので、尿意を催した場合の安全のために、膀胱にカテーテルが入っている。ということになるが、心臓カテーテル検査中に動けないのが一番辛い。この検査は一時間以上かかったように思う。背中は痛くなるし、それ以上に、精神的、肉体的拷問で、発狂寸前。「ギャーッ」と声を上げたくなる。

　まあ結果はかなりうまくいったらしいけれど、結局心臓が大ケガをしたそうだ。でもこれによって心臓の大掃除が出来たと聞く。コロナ以来、息切れが激しかったのも、心筋梗塞の前兆だったのかな。今までも、動脈血栓も患ったことがあるけれど、あのまま絶命する人もいるんじゃないかと思うほど地獄の一丁目で死の疑似体験をさせられたが、死が怖いというより苦痛の方が激しいので、死ぬこと自体が怖いわけではなかった。むしろ、あのままコトッと死ねたとしても、死の怖さではなかったと思う。苦しいことがイヤなわけで、一般的に死を恐れることは大したことではないような気がした。むしろ苦痛から解放されたいためには死が救済になるのではないか。僕はそんなことを七転八倒の中で考えていた。

　一般的に死を恐れるのは、死によって自己という存在が消滅するという単に形而上的な問題を恐れているのであって、人間の実体が肉体ではなく霊魂であるという認識があれば、死ぬこと自体はどうってことないように思えた。僕が苦しかったのは死の恐怖というより、肉体の受ける苦痛からくるダメージの方だった。面白いと思ったのはパニックの中で人間って、結構、冷静にものを考えるもんだなあ、とわれながら感心したことだった。

漠然と死を恐れる多くの人間は、物質としての肉体の消滅で、これは唯物主義的な発想からの恐れに過ぎないのではと思った。そういう人は死は虚無だという哲学を恐れているのであると僕は思いながら、肉体がいまいましく感じるのだった。僕はそんな虚無的なインテリの死の哲学など持ち合わせておらず、人間は死んだら、そのまま肉体を脱ぎ捨てて霊的存在となって、別の次元にいくと思っているので、死の恐怖はなかった。肉体の苦痛とは別に僕の想念は意外と冷静でこんなことを考えていることに、われながらちょっと驚きもした。苦痛を味わうのはまだ生の範疇(はんちゅう)で、死んではいない状態である。だからここで死が怖いというのはおかしいと思った。

何度も言うが心筋梗塞によって死ぬのが怖いのではなく、あの激痛がイヤで、もし、あの時絶命したとすれば、それが僕の宿命だったと思うだけだ。そりゃまだ生きておれば絵が何点か増えるでしょうが、そのために延命は必要ないような気がしていた。第一まだ絵を描くなんて結構面倒臭いことなんです。この欄で何度も語っているが、本当にとっくに絵は飽きているんだから、一点、二点絵を増やすために生き続けたいとは思わない。死ぬ時が来れば死ぬのもそう悪くないと思えた。昔から肉体が霊魂に変わって生きることが死だとかなり強硬に考えていたので、この三次元の物質世界から、四次元だか、何次元だかの異次元に移って、そこで、三次元で味わえなかった生の感覚が新たに体験できるかと思うとまるで宇宙のオデッセイの旅じゃないですか。まるで悟ったような、夢みたいなことを言っていると思われているかも知れないけれど、僕は「シン」から人間の本体は霊だと思っているので肉体の死は、此岸から彼岸へ、稲垣足穂だったか誰だか忘れたけれど死はフスマを開けて隣の部屋に行くようなものだと言ったけれど、上手いことというなあ、それは本当にそうだと思う。

今回の心筋梗塞で、死の入り口を垣間見たような気がしたが、実に貴重な体験をさせられた。そして、この体験によって一歩、死が身近なものに思えた。

それも、これも、86歳という年になると、命など、それほど惜しいとは思わなくなっていくものだ。それは老齢が生に対して執着がなくなっていくからだと思う。と同時に次の領域に入っていくことの愉しみになっていく、これは「シン」に事実です。

病状悪化を防ぐため
絵を描くことを禁止された

心臓へのカテーテルが終って、病室にストレッチャーで運ばれたのが午後遅くだった。身体中に何やらチューブが何重にも巻きつけられて荷造り物みたいだった。ベッドに移されると同時に再び500ccの水分補給とかの5時間の点滴が始まった。遅い昼食が運ばれたが、食欲はない。すでに何日も日が過ぎているように思えたが、発作が起こったのはまだ10時間前だ。急遽（きゅうきょ）搬送をされてからの目まぐるしい検査と手術など、一秒の隙間もないほど、色んな施術がつまっていて、身体は物化されたままで、人格もへったくれもないまま時間を飛び越えてしまっていた。

この日はとうとう一睡もできないまま極度に衰弱した肉体は2日目を迎えた。早くて2日後の日曜日に退院できるとは朗報だったが、病院で2日も過ごすなど極限の疲労である。今すぐにでも退院したくなったので先生の許可をもらって、事務所の徳永が迎えに来てくれて、退院してしまった。病状を考えるとええのかな？　という疑問はあったが、これ以上入院すると、あの悪夢から解放されないような気がした。

もう一度、心電図とエコーを撮るために退院の3日目病院を再訪。施術担当の先生から診察を受けて「手術は成功」との報告を再度受けて多少は安心したものの、あの4日前がまるで悪夢の虚構のように思われて、ここにいる自分はあの日の分身のように思われた。まだ爆弾をかかえた状態で一喜一憂するが、退院したからといって、すぐ仕事をするのは困ります。最低2週間はジッとしていて下さい。絵は絶対描いてはダメです。以前、日展の出品画家が心筋梗塞(こうそく)で倒れて、退院と同時に絵を描いたのがたたって、再び入院する羽目になりました。文章を書くのは問題ないが絵はダメです。絵がダメなのは文章と違って肉体の作業だからです。確かに絵と原稿は全くちがうツールを活用しています。文章は観念的で頭脳的な作業ですが、絵は肉体とその内部に潜むエネルギーが半端なものではないので、しばらく絵筆をとらないようにして下さいと念を押される。確かに文章は頭脳的な作業で肉体とは切り離せるが、絵は肉体と直結している。文章のような知的で観念的な作業というより、魂と直結した霊的な作業です。

そんなわけで、2週間、できれば2カ月は無理しない方がよさそうだ。ここでしっかり休養するかしないかが今後の健康を左右しかねない。無為を愉しむ趣味があるが、第三者から、無為を強制されると途端に自由を束縛されたような気分になってしまう。仕事の制約と同時に、人と会うことも外出も禁じられた。まあ、そこまで病人の健康を管理していただけるのは有り難いが、見たところは普段と変らないのである。ただコロナ以後、ちょっとした動作によって息切れがするという老化現象が気になっている。退院してすでに10日以上経っていて、その間、身体の大きい変化はないので安心はしているが、第三者に強制された無為は実に退屈である。読書の趣味があれば、そちらに逃避できるが、その趣味はない。ビデオを見るとしても難聴で音声は聞こえないし、映画一本を見る体力というか忍耐力はない。画家は結局、絵を描く以外、無用の長物です。絵を描くのが飽きた、嫌々描いているといっても結局、絵以外のことはできないのです。先の日展出品者の画家も絵以外のことには興味がなく、先生から禁じられていたにもかかわらず、その禁を破って絵を描いたために、再度病状が悪化して入院までしてしまったのです。本当に画家はつぶしがきかず、売れもしない絵ばかり描いているのです。

何をやっても思考は絵に還元されてしまい、絵を越える何かというものが見当らないのです。僕の考えが画家を代表するとは思いませんが、絵ほど何の役にもたたないものはないんじゃないかと時々思います。この何の役にもたたない、目的も理由も大義名分もないことに血道をあげる商売なんです。しかも見えないものを見えると信じて描いたり、科学や理論が証明できないものをあたかも存在していると信じて描く、端から見ればただの変人、奇人です。そんなことを僕は5歳の頃から毎日やっているのです。そして、その結果が急性心筋梗塞なんです。

絵というのは不思議なもので、描くことを禁じられると、なぜか次から次へと構想が湧きあがってくるのです。誰のためにでも、何のためにでもなく、ただ、どこかに神の存在を薄ボンヤリと信じて描いているのです。神は絵が下手なので、神に代って描いてあげると思うことでやっと絵が描けるのです。神といえば宗教臭く聞こえますが、そんな何とか教なんてもんではなく、魂の自分がこの世に発生したその根拠みたいなものに対するご奉納ぐらいに考えています。そして世の中を論じる以前に、自分の中身を絵を通して論じるのが画家の宿命であり、運命なんです。ナンチャッテ。

老齢になるとほっといても欲望や執着から自由になれる

この間、考えもしなかった急性心筋梗塞(こうそく)になって、2週間はジッとして絵は描くな、と言われて、大人しくしている。何もしないことはわりかし平気だけれど、医者から無為でいるようにと言われると自由を束縛されたみたいで、実に退屈でならない。そんな時、あちこちの出版社から送られてきた瀬戸内寂聴さんの著書が10冊以上あるので、退屈しのぎに、パラパラめくっていたら、死についてのエッセイが実に沢山あるのだが、その中に遠藤周作さんの「死ぬのが怖い」という文章があって、「俺は怖いんだなあ、とても死ぬことが怖いよ」とおっしゃっているのを知って、クリスチャンでも怖いんだ、きっと遠藤さんはインテリだから、死後生が信じられないので虚無感を怖がってらっしゃるんじゃないか、と思って、もう少し読んでいると、なんと、「横尾忠則さんも『死ぬことを考えると、とても怖くなって眠れなくなる』と言っている」と書いてあるじゃないですか。

「ヘェー」インテリでもないのに何で怖いんや。今より20年ほど前に言った言葉かも知れない。

そういえば子供の頃からズッと死ぬのが怖かった。そんなことから『チベットの死者の書』や『スウェーデンボルグの惑星の霊界探訪記』など、死の本一色の時代があった。ところが、この前、急性心筋梗塞で死にそこなった時、痛い、苦しい肉体的な苦痛の方が恐しくて、死ぬことによってむしろ助かると思ったくらいに、そんなに怖いとは思わなかった、と書きましたよね。

瀬戸内さんは生前、死ぬのは怖くない、だけど苦しいのはイヤだからといって尊厳死の会に入ったと聞いたことがあったし、晩年はよく「死にたい、死にたい」と連呼しておられたので、死をそんなに怖がっていらっしゃったとは思えなかった。ただ、「死んだらどうなるの?」という質問はよく受けた。「まあ死んだらわかりますよ」じゃ、無責任なので、神秘主義をかじっている者としては、「死後生はしっかり存在しています」と答えていた。また「生前の善行、悪行によってカルマを清算してくれますよ」とも言うと、「あら、怖い！」とあわてて電話が切れた。こんな風に瀬戸内さんを怖がらせるのがいつの間にか僕の悪趣味になって、ひとり楽しんでいた。

若い頃は死があんまり怖かったので、一層のこと死の向こう側へ行って恐怖の対象と融合して自分が死の対象になってしまえば怖くないだろうと思って、生活と創作の環境を死一色にして、死と無縁の絵は滅多に描かなくなってしまった。そして自分を此岸の人間ではなく相対的な彼岸の人間と設定してしまって、向こう側から、この現世を達観して眺める考えというかクセをつけてしまった。死んだと仮定すると現世での行為が時には馬鹿馬鹿しくなって、何であんな欲望のために野心野望で振り廻されていたんだろうと、老齢と共に、現世への執着や競争心が見事になくなってきたことを知った。

そして、なーんだ老齢になるとほっといても欲望や執着から自由になれるんだと、若い頃、禅寺で参禅などしたことが馬鹿馬鹿しく思えるようになってきたのである。もうこの年になれば好奇心も失(う)せる。だったら好きなこと、したいことだけをすればいい。そして変に人に好かれようとか、忖度(そんたく)するとかが無意味に思え、何かの大義名分のために、何かをするという目的さえ馬鹿馬鹿しくなってきて、ラテン人間で行こう、シャーナイヤンケの生き方で、何をするにしても一生懸命になることはない、白黒もつけない、いいかげんが一番生きやすいと、こんな結論に知らぬ間に達していたというわけだ。

となると、死ぬ時が来たらジタバタ（肉体はあばれるでしょうが）しないで、ハイおまかせでいいような気がしている。

こんな考え方になると、老齢が面白くて、楽しくて仕方ない。絵なんかどうでもいい。どうでもいい絵を描けば、それがかえってアヴァンギャルドになるかも知れない。岡本太郎さんみたいに頑張る生き方は自分のための生き方というより、他人にアッピールするための生き方なので、ありゃ、シンドイですよ、ということになる。

その時したいことをして、食べたいものを食べ、したくないことは、堂々と断る。10万円くらいのギャラを1千万円といって相手をびっくりさせて面白おかしく生きた方がいい。こんな生き方をすると、逆に延命して死ねなくなるのも困るけれど、世のため、人のため、国家安泰のためなど言わない、成るようになる生き方で、死ぬまで生きればいいんじゃないでしょうか。インテリみたいに妙な虚無感など、アクセサリーにもならない苦しむだけの哲学です。さあ、自分の一番絶頂期に死にましょう。

何でもすぐやる思想でストレスをなくす

「いつも原稿を早くいただくのですが、締め切り前など、早めにお仕事をされる習慣はいつからされているのですか?」というご質問ですが、ムカシは、締め切りギリギリ、それも締め切りが過ぎて腰を上げていました。矢のような催促が何度もあって初めて、つまりギリギリ追い込まれないとアイデアが出てこないという習慣がいつの頃からかついてしまって、それが実はストレスになっていたのです。

そんな時、松戸市だったか地方の市役所に何でも「すぐやる課」が出来たというニュースを知って、目から鱗(うろこ)、「よっしゃ、これをマネて、ひとつ意識革命を起こそう」、この「何でもすぐやる思想」を実践することにしたのです。まず手始めに、この日、ある女性誌の編集長がエッセイの依頼に来られました。テーマを聞いている内にアイデアが浮かんできたので、編集長が帰られると同時に、1カ月先の締め切りの原稿に着手しました。4枚の原稿だったけれど、40分ほどで書き上がったので、すぐにファクスで送りました。しばらくすると編集長から、「編集部、全員騒然としています」という驚きの電話がありました。こんなに驚いたり喜んだりされるのなら、できるだけ締め切り前に原稿を書いて、仕事を遊びに変えてしまおうと、スタッフにもこの発想を徹底させました。そのために残業することは全くなくなりました。

仕事の依頼というのは、実は受けた瞬間からドスンと身体に来るものです。そして、その瞬間からストレスが始まります。このストレスが生活の円滑さを狂わせることになります。人間は誕生と同時に老化が始まるそうですが、仕事も同じように、依頼と同時にストレスが始まります。医者によると病気の原因の大半がストレスだと言います。とにかく健康で、もし長寿を望むならストレスのない生活をするべきでは。人がストレスを起こすのは仕事を先送りにして、ため込んでしまうからではないか。

仕事に限らず、それ以後、何でも「すぐやる課」の実践によって、僕はいつも一日の時間の進行の遅さに、退屈するくらいです。とにかく、「明日やろう」という引き延ばし作戦はよほど体調の悪い時以外は無視することにしています。このことによって時間の概念が変りました。絵を描くのもやたらと早いので、僕は自分をアスリートと呼んでいます。

そして時間があまりあまります。その時間を何かで埋めるというようなことはなるべくしないで、何もしないことをする無為の時間のために活用しています。アトリエのソファで横になったり、バルコニーに出て、アトリエを囲む森の樹木のフィトンチッドを浴びたりして、出来るだけ頭を空っぽにする時間を作ります。その空っぽの時間を閑暇だからといって読書などはしません。読書で人の言葉で頭の中をいっぱいにしてしまうよりも、できるだけ、言葉以外の無心を楽しむことにします。僕の場合、絵は考えから発想するのではなく、考えないことから発想する、コンセプチュアルアートとは全く逆行の態度から作品を作ります。

「何でもすぐやる」ことで、時間を越えて多くのことができるようになりましたが、老齢になったこの頃は、そのあまった時間を埋めつくしてしまうのではなく、そのあまった時間をもっと拡張することのできる無為の状態を「考えないこと」を考えることで「創造」することに切り換えたのです。これは子供の頃の時間の再現のような気がします。子供時代の時間は大人になってからの時間より、うんと充実していました。

子供は何かにつけて、無心になって物事に夢中になって三昧(ざんまい)時間を遊びます。だから、子供時代の時間は長く感じます。子供は三昧という無心時間を遊ぶ術(すべ)を知っているんでしょうね。この三昧時間が体験できなくなった時から、人は子供時間から大人時間に入って行って、時間を縮小して、忙しい生活に切り換えてしまうように思います。そしてストレスという産物を生んでしまいます。僕が「何でもすぐやる」生活に切り換えてからは作品の点数もうんと増えたし、なんといっても一日の時間がうんと長くなりました。

僕の午前中の仕事は昨日の夕方から、今日の午前中に届いたメールの返事から始まります。返事を書かなきゃと思ってため込むと、こんなことがストレスを作ることになるので、さっさと片づけて、いつも手ぶら状態にします。端から見るとせっかち人間に見えるかも知れませんが、絵もせっかちです。描き出したら一気に描いてしまうので一日に１００号、一点が、昨日など三点描いてしまいました。つまり三日分を一日で片づけてしまったわけで、今日は終日、何もしない無為の一日になります。そんな日は何もしないでうんと身体と脳を休ませるようにしたいと思います。

老齢になると老齢時間に従った方がいいと思います。動きも考えもとろくなります。それがいいのです。未知の新しい境地を楽しむ術を心得ましょう。

僕の健康法「よい睡眠」と「肉体の変化を知るための通院」

本誌の読者の大半は高齢者で一番の関心事は健康だそうです。同じ高齢者の僕も全く同感です。今回はその健康について何か書いてくれますか、と担編の鮎川さんがアトリエにおそばとドラ焼きのお土産を持って、やってこられました。自転車で来られる、まあご近所さんてとこです。

今日、現在の僕は膝（ひざ）がモーレツに痛く、立ったりしゃがんだりが一苦労です。ここ一年ばかり毎日１００〜１５０号大の絵を、立ったり、しゃがんだりしながら描いていたために痛んだ一種の生活習慣病かも知れませんが、商売道具の膝を痛めてしまうと、絵が描けなくなってしまいます。この膝は一カ月ほど前から兆候があったんですが、まあ老化現象ぐらいに軽く考えていましたが、アトリエまでの自転車通勤もままならなくなってしまいました。さらに、コロナ禍発生当時から息切れが激しく、歩行がきつくなっています。こんな満身創痍（そうい）の僕が健康を語る資格は毛頭ありませんが、日々気をつけている健康法の一番は睡眠です。風邪は万病のもとといいますが、僕は「不眠は万病のもと」と考えています。不眠が風邪を誘発したり、交感神経を高めてストレスを起こしたりして、身体の弱点にダメージを生じさせます。眠れない原因は神経が興奮していることが多いので、極力副交感神経を優位にする様々な方法を考えますが、やはり風呂で温めた身体が寝床で急速に冷えるタイミングに、海の底で死人の土左衛門になったイメージを浮かべて、死んだつもりになると、本当に死んだように眠ってしまうことがあります。一度試してみて下さい。

次は食事と軽い運動です。食事は加齢と共に食事の量が減っていくので特に意識しなくてもいいように思います。ただし、創作エネルギーを必要とするために牛肉は沢山食べます。これは黒澤明さんと三島由紀夫さんから学びました。あとは好きなものを食べ、塩分の多いものをひかえるくらいです。運動は全くダメです。自転車通勤なので歩くこともなく、運動らしい運動といえばアトリエ内を裸足にワラ草履で、10〜15分くらい、実際の風景をイメージして、今どこを歩いているかと想像しながらバーチャル散歩をしています。他に健康について、例えばサプリメントを飲んだり、ストレッチをするというようなこともないです。絵を中心とした動作が自然に運動を代行してくれているので、自分はアスリートだと想像することで安心しています。

それと、僕の趣味なんですが、病院に行くのが嫌いではないです。なぜかというと、常に自分の肉体の変化をチェックしたいために、簡単な検査をしたり、医師との会話を必要としています。自分という存在は謎です。特に肉体の存在は未知です。医療の知識によって解明されていく自分の肉体の変化に特に興味があります。僕が親しくしている玉川病院の名誉院長の中嶋先生は僕の絵のコレクターでもありますので、芸術と医療に関する話題を時間を忘れて語り合います。そういう意味では先生は僕の精神と肉体の鏡でもあります。他の先生とも親しくしますが、医師を友人に持つことも自分を知るためにも必要な気がします。

コロナで病院への足も遠のきますが、僕はそれでも行きます。病院のレストランで食事をし、お茶を飲み、コンビニで雑誌やおやつを買って中庭でひと時を過ごします。普通じゃ行かないような、ちょっとした身体の異変でも僕は病院によく行きます。小児科と婦人科以外はほとんど診てもらっているように思います。また病院の待合室で患者さんたちの様子を観察するのも結構好きです。中にはうんと着飾ってくる患者さんもいます。僕も病院に行く時はオシャレをして行きます。それは病院に対してもそうですが、自らに対しても、清潔であることが社会的礼節のような気がするのです。

また、僕は入院も、二、三年に一度、時には毎年一度くらいは入院しているような気がします。入院は異次元への参入のような気がして、なぜかワクワクしている自分が好きです。点滴や、嫌な検査は好きではないですが、入院する以上、多少の苦痛は伴います。入院と同時に病室をアトリエに変えて、いつでも絵が描ける環境にしてしまいます。自分を考えるためには環境を変えるのが一番です。そういう意味では入院は、非日常的な異次元体験の経験の場です。

病気を利用して、病室の空間を創造の場に変えることで、自らを浄化させてしまいます。こうした効果を理解して、「絵画治療は考えてもいいですね」とおっしゃる先生もおられます。病気は病院と先生が治すと同時に、患者の積極的な治療への参画による、両者のコラボレーションではないかと思います。また、人間には自然治癒力があると信じて、他力も必要だけど自力の意志によって治してみせるというポジティブな気持ちが意外と早く治癒してくれることもあると思いますよ。

自律神経のバランスは鈍感力でできている

今のようにあんまり病気をしない時期に、何となく体調が悪い頃がありました。検査をしても数値には出てこないので、病院の先生も「きっと自律神経失調症でしょう」で済んでしまって、漢方科の先生に紹介されたりしていたことがあったのです。

でも天才の本など読むと、こういう病気にかかる天才は多く、なんとなく自分も天才の仲間入りになった気がして、マ、ええかと諦めてもいたことがありました。

ケミカルの薬より漢方の薬の方がなんとなく安心して、漢方の先生の処方に従うようになりました。自律神経なんて僕には抽象的にしか聞こえなかったのです。「もう少し詳しく?」と説明していただくと、自律神経は交感神経と副交感神経の二つの神経の働きによるもので、交感神経は緊張状態時、副交感神経はリラックス状態時に活発になるらしい。この状態は絵を描く時と全く同じ。絵はこの二つの働きのバランスによってできます。この両者がどっちに傾いても困る。僕は何でも絵に置きかえて試すクセがあります。その方がよくわかるからです。

だけど老齢と共に交感神経より副交感神経の働きが優位になるのか、あんまり興奮しなくなりました。若い頃は交感神経が活発に機能して、意欲や好奇心を促進させますが、加齢と共に、いつの間にか交感神経の働きが低下するのか、肉体的な働きがにぶくなってきて、自然に肉体が怠けてくれます。創作に置きかえると、ダラダラしますが、僕は逆にこのダラダラを利用して、ダラダラした絵を描いています。意志でダラダラアートを創造するのではなく自然に、ダラダラアートが描けてしまうのです。これを僕は肉体的ハンデキャップと呼んでいますが、これは意志に反した結果の表現で、無理に抵抗して若い時のような興奮したような絵に比べれば筋肉が脱落したような、なんとも説明し難い「枯れた」とは言えない、ある意味で頭ではなく肉体優先の老筆とでもいうか、何だか文人画のような絵になってくれます。時にはルールをはずしたというか、はずれた自然体の絵になってくれます。これを副交感絵画と呼んでもいいように思いますが、じゃ、これは誰が描いた絵だ、お前ではなく副交感神経そのものが描いた絵じゃないのか、と突っ込む人もいるかも知れませんが、絵は誰が描いても絵は絵だと僕は思っています。

と言っても100%、副交感神経が描いたわけではなく、何%かは交感神経も混ざっています。まあ、絵はこれでいいですが、老齢になっても、やはり交感神経が作用していて、生活の中にイライラを持ち込みかねません。僕も24時間、副交感神経に左右されているわけではなく、時にはストレスによって、絵に影響を与えかねません。絵の中での交感神経は絵に不思議な刺激を与えて、逆に面白い効果を出してくれることもあります。いわゆる交感神経と副交感神経によって自律神経にバランスを与えて、バランスとアンバランスが上手く融合した絵ができることがありますが、これとてストレスの産物から生まれた絵か、ということになると困るのです。絵にはストレスはいっさい介在してもらいたくないからです。ではストレスの原因は何か、ということになります。これは厄介な問題で、例えば毎日放送されるニュースにストレスを感じることがありますが、この社会的ストレスは断ち切ることはできますが相手が人間の場合は困ります。

先日、本誌の帯津良一先生の「ナイス・エイジングのすすめ」で交感神経と副交感神経について素晴らしい見解を述べておられましたが、交感神経にブレーキをかける方法として「不必要な情報を無視する勇気を持つことです。（中略）必要なことだけに目を向けましょう。そして周りの人を気にしない鈍感力を持つこと」で交感神経の高まりを抑えることができるとおっしゃっていました。交感神経を高めるストレスの原因が実は周りの人を気にする結果から来ているというのは、意外と気づかないことです。そしてそのような負の環境に対して「鈍感力」を必要とする発想が、自律神経のバランスを取ることに気づく必要があります。

「鈍感力」は芸術にも必要です。鈍感力は芸術と対立する概念のようにとられがちですが、創造の根源には鈍感力が必要だと思います。ある意味で芸術はいい加減であるべきです。生真面目な芸術など面白くもおかしくもないです。芸術における道徳など不必要です。芸術のオリジナル性を主張する立場の人もいますが、芸術にはオリジナルは存在しません。鈍感でいいのです。芸術は生き方です。帯津先生のおっしゃる「鈍感力」こそ人生の生き方だと思います。

激やせして快調になる導引術

以前、わが家にミンネという猫がいた。このミンネが病気になって、食欲もなく、痩せ衰えて、骨と皮だけで立体感のないまるで平面の板切れが立っているような姿になってしまった。近所の獣医の先生も「今夜辺りが最後ですので病院で死なせますか、家に連れて帰られますか」と死の最後通達を出されてしまった。どうせ死ぬなら家で、と連れて帰ることにして、一晩中僕のベッドで添い寝することにした。

その時、フト、以前習った導引術のことが頭をかすめた。両方の手の平を強くこすると熱くなる。熱くなった手の平をミンネの腹の両方からソッと抱くように当ててみた。手の熱を感じたのか、ちょっと驚いた表情をしたが、すぐ気持ちよさそうな顔に変わった。そんな「お手当て」療法を一晩中、何度も手をこすりながら、朝まで看病を続けた。すると、朝方、起き上がれないはずの身体なのに自力で起き上がろうとした。そしてベッドから降りようともした。もしや導引術の効果では、と僕は大喜びした。そしてミンネは一命をとりとめて、その後、数年間延命した。

さらに、もう一匹のルンという猫は顔の半分に大きい腫瘍が出来た。病院に連れていく前に、再び、手の平を温めて腫れ上がった頰に「お手当て」をしてみた。すると、異変を感じたのか、後ろ足で患部を掻きむしった。すると皮膚の一部が破けて、中から膿の塊のようなものが大量に飛び出した。その結果、病院にも行かないで、きれいに完治してしまった。ミンネとルンを導引術の施術で治した僕は獣医になれるかもと秘かに思ったものだ。

導引術を初めて知ったのは親しい編集者からだった。ある日、彼がひょっこり展覧会場に現れた。肥満体の彼が驚くほどスマートになっていた。「病気でもしたの?」と聞くと、「一度横尾さんも試してみて下さい。健康になります」と言っていわき市の日本道観へ行きましょうと、電車の切符まで用意して、僕をそこの道場に案内してくれた。彼の痩せた原因は導引術をやった結果だという。導引術は中国の古代の医術で、文化大革命までは権力者のみが利用する秘密の健康法だったのが、文化大革命以後現在は民間にも解放されたと彼はいわきに行く道中、僕にその導引術の歴史や施術法についてこんこんと説明した。

着いた道場には宿泊施設もあって、そこの道長から僕は直接導引術を習うことになった。人の手を借りずに、全て自分の手足を動かしながら、足を揉(も)んだり、按腹(あんぷく)したりするだけで、どの動作を行うのも、例の猫にしてやったように、手の平を摩擦しながら、様々な動作を30分たらずで終える。あんまり簡単なので、僕はあっけに取られてしまったが、夕食時に急に気分が悪くなって自室に戻った。その後、頭が痛くなったり、吐き気をもよおしたりして、少々びっくりした。道長は「ちょっと効き過ぎたかな? それにしても素直な身体ですなあ」と、僕のようにこんなに即効性のある人はいない、と妙に感心されてしまった。

一緒に行った友人も、導引術の即効性に驚いていた。この夜は僕の身体の異変とシンクロしたのか一晩中、天候が荒れて、暴風雨が道場の建物を襲った。一夜あけたら、昨夜と打って変わってピーカンである。だけど、窓から外を見ると、田畑は浸水して、道路も水没、まさに昨夜の僕の身体の異変をそのまま、自然が体感したような風景に変わってしまっていた。

やがて水も引き、僕の肉体もすっかり快調になっていた。僕はいっぺんに導引術の虜(とりこ)になって、この日以来、1~2年間は毎日、1日に2回、30分たらず、海外旅行先でも行った。僕の教わったのは基本的な導引術だが、これで十分である。わが家の2匹の猫にも通用した導引術は、別に猫用の導引術ではないが、死にかけていた猫が再生したのは、導引術の宇宙的エネルギーが動物にも作用したのではないかと思った。

身体の部分に変調をきたすと、日本道観にメールをして、新たな導引術を教わったり、自力で治したり、いつの間にか導引術そのものが自分の主治医のようになってしまった。僕は西洋医学と東洋医学の両方に興味があるので西洋医学の他力と東洋医学の自力を自由に活用している。

僕は昔から貝原益軒の『養生訓』を座右の書として、旅行には必ず携帯する。「養生訓」もそうだが、導引術も心と肉体を切り離してはいない。心を入れかえるというのは非常に難しいが、導引術は肉体を改造する（悟らせる）ことによって精神をも悟らせるという効用がある。精神主義によって心に影響を与えるのではなく、導引術という肉体主義によって精神まで変えてしまうというのである。禅は坐禅という肉体行為を通して悟りに至らしめるが、導引術にも共通するものがあるのかも知れない。先ず導引術の効用は身体を動かすことによって病気の原因になるストレスを解放してくれる。そして導引と一体となっているのが呼吸法である。導引の動作と呼吸は不離一体の関係である。

不眠症を解消するには脳をアホにすればいい

誰にも悩みはあると思うが、今回は僕の一番の悩みについて書こう。僕の一番の悩みは時々、不眠に襲われることだ。一度不眠ぐせがつくと根深い。何をやっても不眠が解消されない。ところが、そうして七転八倒した結果、ある時、ウソのように快眠に変わることがある。だから自分のことを「不眠症」と言って病気として扱いたくないのだ。

僕の不眠の原因は大抵決まっている。それは眠る瞬間を見届けてやろうとするからだ。よく歌舞伎などを観ていると、いつの間にかうつらうつらして眠っている。役者のせりふや音曲は聴こえている。こっくり、こっくりしていると舞台の役者から見られているような気がして、居眠りなどしていないよという風に自分をごまかして眼を覚ますが、すぐ眠ってしまう。もしわが家が劇場であれば眠れない時は芝居を観ればいい。観劇中の居眠りの瞬間というのは、かなり意識がはっきりしていて眠る瞬間が自覚できる。僕の不眠の原因はさっき書いたように、劇場で体感する眠りの瞬間の自覚を、わが家のベッドの中で再現してみようと思うからだが、残念ながら、わが家は劇場ではない。眠る瞬間の環境と演出がないために、劇場での居眠りの瞬間が体現できないまま、目だけバッチリ開いたままである。だから不眠症のようなクセがついてしまったのである。

とにかく、眠れないということに執着するから益々眠れない。風呂から上がったあとは意外と寝入りばなは悪くないが、2〜3時間で尿意をもよおして起きてしまう。それからが地獄である。睡眠薬は飲まない。昼間散歩をするとか身体を動かすとかは面倒臭くてしない。せいぜい午前中の朝日を浴びて、メラトニンというホルモンを体内に取り入れることをやってみるが、効果があるのかないのかよくわからない。

ありとあらゆる呪(まじな)いのような儀式めいたことを取り入れたりするが、どれも効果はない。こういうことをやればやるほど眠りに執着する結果になる。何も考えないで、無になることは絵の時には得意だが、眠る時になると、考えないことを考えるのが得意になってしまって一向に効果がない。眠れないというのはどうも性格が影響しているようだが、性格はそう簡単に治せない。

不眠が解消されるチャンスがないわけではない。何日も眠れなくて、死ぬんじゃないかと思った時に治ることはあるが、毎回そんな極限まで挑戦はしたくない。4時間しか寝ないという人がいるが、不眠だといっても、4時間ぐらいは眠っている時もあるが、4時間じゃ納得できないので、こういう人のマネはできない。ありとあらゆる不眠解消の本を読んだり、呪いのように寝具を変えたり何をしてもダメなものはダメだ。

だけど、いつの間にか不眠が解消されて、6〜7時間眠る期間が長く続くと、あの不眠が何だったのかわからない。今度は、老齢になると眠れないという人がいるが、僕はその反対で老齢になればなるほどよく眠るよ、とあの苦しい不眠のことを忘れて急にえらそうになってしまう。眠れる時は何故眠れるのかわからないくせに、眠れない時は何故眠れないかがよくわかる。といって不眠を解明すれば眠れるようになるかといえば、相変わらず眠れない時は眠れない。

どうしても眠りたいのならひとつ方法がある。これは完璧な方法である。どんな強烈な不眠症もいっぺんに治る。それは死んだ時だ。死ぬことは肉体から意識が離脱することだから、肉体は死後の世界までついていかない。第一向こうでは肉体がないので永遠に起きている。つらいだろうと思うかも知れないが、肉体がないので眠る必要がなくなるのだ。と考えればこちら（現世）で死んだふりをすればいいということだ。虫や動物はみんな死んだふりをして外敵から身を守る。人間にとっての死んだふりとは結局眠りのことである。神秘主義の世界では人間は眠りと同時にその霊体は死後の世界に行くという。だけど不眠症の人間にとっては、残念ながら眠れないんだから死後もへったくれもない。

眠れないというのは結局人間に脳があるからだ。脳はかしこいことを考えるためにあるのかも知れないが、逆に脳をアホにしてしまえば眠れるかも知れない。黒住教の教祖の宗忠さんはアホになる修行を一生かけてされたという。僕は絵を描く時はなるべく考えないで脳をアホにする訓練をしているのに、眠る時になると、なぜか脳がかしこくなる。実に脳は厄介な存在である。パスカルだか誰かが「人間は考える葦（あし）である」だと余計なことを言ってくれたものだ。「人間はアホになる葦である」ぐらいにしてくれれば人類から不眠症はなくなるというのに。

あんなに頭のいい瀬戸内さんは「バタンQ」で眠ってしまうとおっしゃる。簡単にアホになられるようだ。僕は「バタン、PA」ですぐ目が開く。こんな文を書いた今晩はアホになりたいもんだ。まあ、よう知らんけど。

第四章
生と死に境目はない

人間には昼の人生と夜の人生があるので楽しみは2倍

ある時、伊達政宗が僕の夢枕に立ちました。宮城県の仙台の近くにある秋保(あきう)温泉の旅館に泊った夜です。旅館に面して名取川が流れています。川の両岸には深い樹木や巨石が川面にせり出すように見事な渓谷を形づくっていました。僕は川の中央の水面に立っています。頭上には赤い鉄製のアーチ型の橋が渡されています。その時、川の下流から黒い影のような物が水面を飛ぶように駆けてくるのが見えました。それが段々僕の方に向かって近づいてくるのです。見ると、それは黒い馬に乗った黒ずくめの鎧兜(よろいかぶと)に身を固めた武士でした。馬が蹴散らした水しぶきがバサッと僕の顔に飛び散って馬は止りました。馬上の武士の目と僕の目が合いましたが、兜の下の顔は黒い眼帯をした独眼でした。

僕は思わず、「お前は一体何者だ?」と問おうとした瞬間、武士は「ダテマサムネ」

と名乗りを上げました。夢はそこで終ってしまいました。

翌朝旅館の女将にこの夢の話をすると、彼女は驚いた顔をして、「伊達政宗はここの湯を好んでよく来られたという記録が残っています。400年前の話です」と語った。何の縁もゆかりもない伊達政宗がどうして僕の夢枕に立ったのかは不明です。

もうひとつ、次はブラジルのパンタナールという本州がスッポリ入るほどの大湿原帯に旅行した時の話です。粗末なバンガロー風の平屋のホテルに泊った時です。深夜遅く、部屋に通されるなり、僕はベッドにもぐろうとしました。と、その時です。ベッドの上あたりに、黄と赤の縞模様のニット帽をかぶった頰のこけた茶褐色の肌の老人の顔が浮かんでいました。

次の瞬間、その老人が僕の意識に語りかけてきました。「ようこそ、私達の土地へ。あなたを歓迎いたします。私はこの土地にかつて住んでいた精霊です。あなたの旅行中の安全を私達はお護りすることをお約束します」と丁寧な言葉で僕の意識に語りかけたかと思うと、次の瞬間フッと消えてしまいました。「怖い」という感覚は全くなかった。むしろ不思議な多幸感に守られて、この夜はグッスリ眠れました。翌日地元の博物館を訪ね、本当にこの土地にインディオが居住していたかどうかを調べました。そして、そこで昨夜の精霊と同じようなニット帽をかぶっている男達の古い写真を見つけました。

伊達政宗にしてもインディオの精霊にしても、共通するのは、僕の旅先で遭遇した人達です。このような体験は内外の旅先でも、何度か遭遇しています。いつか「私だけの遠野物語」みたいな本を書いてもいいかなと思うのですが、きっと相手にされないでしょうね。

現在、神戸の横尾忠則現代美術館で「恐怖の館」展が開催中です。そこに前記の伊達政宗とインディオの精霊の出現の絵を描いた作品も展示されています。

と、ここまで書いた時、担編の鮎川さんが神戸まで行って開催中の「恐怖の館」展を見て来たと話されました。そしてその夜、夢を見られました。鮎川さんが展覧会場でご覧になった僕の「夢の邂逅」と題する絵の中に描いた伊達政宗が夢の中で鮎川さんに「大丈夫、大丈夫」と声を掛けたというのです。何か気になっていることがあったのですかね。夢をツールに伊達政宗が僕の絵を介して鮎川さんと僕を結びつけました。こういう非現実的な「夢のような」話にこそ現実の豊かさがあると思うんですが。

僕は52年間、ずっと夢日記を書いていて、2冊の夢日記を出版しています。僕にとって夢は夜の現実です。昼間の顕在意識と夜の潜在意識が統合されて、自分という人間が存在しているのです。人生はフィクションとノンフィクションが分け難くひとつに結びついて、死をゴールに生きています。

ロマン主義者にとっては夢も死の一部です。神秘主義では眠っている間に肉体からエーテル体が離脱して死後の世界を訪れるといいます。そこで死者と会って、エーテル体が肉体と共に待機していたアストラル体と合体して目が覚めるのです。死後探訪の体験は目覚めと同時に忘れます。だけどわれわれは知らないままに死後の世界を経験しているのです。

僕は夢を絵にしたのは、今日話した伊達政宗とインディオの精霊の2点だけです。

でも他の作品にも無意識に夢が絵に関与して創造を助けてくれているような気がします。肉眼で見えないものを描くというのが芸術行為だとすれば、夢は僕の作品に大きい働きをしてくれています。昼の人生と夜の人生の二つの人生を生きているという認識を持つことで、僕は人生を二倍楽しんでいるような気がします。

死んだ気持ちで生きていれば何も問題はない

今、一番の関心事は？　と問われたら、やっぱり死かな？　老齢になったからそう思うのではなく、子供の頃からこの観念は一貫していたように思う。物心がつくと同時に死は身近にあった。戦争が身近に迫る以前から、自分の存在を脅かしている死は本能的な恐怖を伴って、ジワジワと締めつけてくるように思えた。

幼稚園児だったころ、婦人会の女性達は竹槍（たけやり）を手に敵を殺害する訓練をしていた。日本は神風が吹いて、戦争には絶対勝つと全国民に信じ込ませていた。だったら何も目の前の敵と肉弾戦を交すような訓練などする必要がない、というような判断は幼児の自分には想像もできないことだったが、幼心にすでに人間は死ぬものであるということだけは知っていたように思う。

死の恐怖が迫るのは本土空襲が始まって死がうんと身近になった頃だった。僕の住んでいた山に囲まれた田舎町にある日、米軍のグラマン戦闘機が三機、全校生徒が運動場で朝礼をしている最中に、突然低空で襲って来た。青空いっぱいに黒い鉄の怪獣のカタマリが覆いかぶさったように見えた。僕は学校の校舎の中庭の小さいコンクリートの溝の中に飛び込んで、小さい手で目と耳をふさいで、背後からミシンの縫目のように銃弾が地面に穴を開けながら迫ってくる死の瞬間を超越した時間の中で、死を待っていた。幸いグラマンが校舎の窓をバリバリ震わせながら頭上を去って行った時は、不思議な小さい生の凝縮した瞬間を味わった。死が通過した瞬間の快感だったのだろうか。

このようなフイに訪れる死はその後一度も体験したことがない。幼心に味わわされた死の疑似体験であるが、この瞬間は今も僕の魂の中に永遠に刻印されたままだ。今、僕の前方に見え隠れしている死は、この時の死に比べれば、実に暢気(のんき)なものだ。年齢的にいつ死んだっておかしくない年齢を漂(さまよ)っているような気がする。

毎朝、最初に見る新聞の記事は死亡記事である。そこには僕の85歳という年齢の前後の人達の死が伝えられている。だからすでに自分は死の範疇(はんちゅう)に入っているのに今日まだ生きているという不思議な実感を伴いながら、ルーシアン（ロシアン）ルーレットの洗礼からまぬがれたことにホッとしているというわけだ。だから毎日が実にスリリングなサプライズを味わっていることになる。

人間が死ぬということは、いっぱい抱えたメンドーくさいことを、そのまま処理しないで放っといたまま死ぬことを夢想することでもある。瀬戸内さんに晩年会う度に、「まだ遺書を書いていないのよ」とよくおっしゃっていた。このままスッと消えると遺書も遺言も書く必要はない。亡くなる直前、瀬戸内さんは、よく、「思い残すことは何もない」ともおっしゃっていたので、ちゃんと遺書だか遺言を残されたんだなあ、と思っていたら、死後、そんなもんは見つからずに、残された人達の宿題になってしまったらしい。

死ぬことはメンドーな問題を放ったらかして、無責任に死ぬことかも知れない。そんな無責任な行為を実践することが「思い残すことがない」と言うことで、たとえ思い残すことがあっても、それは残された者の宿題にしておけ、ということなのかも知れない。自分の死後の問題をいちいち、考えていたらキリがない。死ぬということは無責任になることでもあるらしい。生前、いちいち責任を取りながらどのように生きてきたのか知らないが、そんな責任から逃れることが死なのではないかとも思ったりする。

そう思うと死は解放である。生きることは責任を全うすることとなのか？　どうかはわからないが、死んでも尚、責任を駱駝(らくだ)が背負った荷物のように、ヘトヘト言いながら、死の旅路にでるなら、死んだ値打ちはない。折角死ぬんだから、空っぽになって死ぬのがいい。抱えた問題を解決するというより、その問題からの執着を解決すれば、それでいいのではないだろうか。とにかく責任を云々(うんぬん)する以前に執着から解放される生き方を生きている間に解決しておけばいいということではないのか。執着は問題の解決を実践することではなく、その問題から離れた心的状況の中で生きていることが重要ではないのか？

何ひとつ現世で得た物を持って死ねないんだから、心の執着もないまま死ぬのが天国への近道で、地獄へ行くのは執着がそう決めるのであってエンマ大王が決めるわけではない。自分の中のエンマ大王が決めることではないだろうか。よく「死んだら無心になりたい」と特に知識階層の人達はそう言われるが、もし無心になりたいなら、死んでからなるのではなく、今、今生（こんじょう）で無心にならなきゃ、死んでから無心になるのは無理じゃないでしょうか。

と考えると、人間は生きている間に、死んだ気持ちで生きていれば、何も問題はないということではないのかな？

悪夢は生きている実感を強くしてくれる

セトウチさんとの往復書簡の時は、セトウチさんの手紙に返答するというテーマがあったけれど、今こうして、「シン・老人」でひとりになると、何を書いていいやらさっぱりわからない。困った、困った、と担編の鮎川さんに助け舟を求めると、鮎川さんから3カ月分のテーマが送られてきた。普段考えないテーマばかりだけれど、このテーマに応えることにしましょう。

歳を取ると、テーマなどなくなるものです。よく老齢になると好奇心を持つべきだと老人研究家みたいな人が言うが、老人になって好奇心を持つということは「煩悩を持て」と言っているようなものです。老齢になると何もしないことをするのが老齢の過ごし方で、無為自然(じねん)こそ老齢者の理想的な生き方です。老齢になって好奇心を持つとロクなことを考えません。好奇心は欲望を煽(あお)り、悩みや苦しみを生産します。かえって命を縮めます。無為になってボンヤリ自然を眺めるなり、魚を釣りに行くとか、趣味に興じるのが一番いいです。あんまり目的のあることをしないことです。目的は我欲を生み、老齢を苦しめてシンドイです。

さて、担編さんのテーマは夢です。鮎川さんの最近の夢は現実とさほど変わらない夢が多く、虚構と現実がゴッチャになることが多いそうですが、そんなことは横尾さんにも起こりますか？　という質問です。夢と現実がゴッチャになるということは、無意識が顕在化して、虚実が統合することです。芸術は虚実が一体化して作品が生まれます。日常生活がフィクションとノンフィクションの区別がなくなることは最高です。人間は夢現（まぼろし）で生きているんだから、物語の主人公になったようなものです。

夢と現実を区別しない生き方、夢という無意識は創造の核です。その創造性を現実の中に持ち込むことですから最高じゃないですか。この前、僕は集英社から桜についてのエッセイを頼まれた夢を見て、ハッとして、エッセイを依頼されているのをすっかり忘れていたことに気づきました。翌朝、事務所の徳永に、「桜のエッセイ、何枚で〆切はいつ？」と問うたら、彼女はケゲンな顔をして、「そんな仕事の依頼は受けてません」と言うのだ。「そんな馬鹿な、ゆうべ夢を見たんだ。集英社の編集者にすぐ電話して詳細を聞いてみてくれない?」と言うと、「それは夢でしょ? 実際に集英社からは、そんな仕事の依頼はありません」。「ホントかな? 桜についてのエッセイだよ」とまだ夢から抜け切れない僕は、彼女の言う現実がなかなか納得がいかなかったけれど、夢だとわかれば、あわてて桜のエッセイを書く必要がない、ひとつ仕事がへってよかったと、嬉(うれ)しくなった。

鮎川さん、夢から覚めて、命拾いすることがありますよね。最近僕がよく見る夢は外国旅行からいよいよ今日帰国という日にパスポートが見つからなかったり、グループの人とはぐれて、何時の飛行機に乗るのかわからなくなったパニック夢が大半です。ところが究極の所で目が覚めて、「あゝ、助かった!」と思う瞬間に「救われた!」と思いますよね。こんな夢はまるで、煉獄(れんごく)地獄ですが、最後の最後にダンテの「神曲」じゃないけれど天国のベアトリチェによって救済されるこの瞬間こそ天国意識の実感です。夢の中では煉獄地獄だけれど目覚めの瞬間、つまり現実に本当に魂が救われるのです。この瞬間の高揚した気分は他では味わえません。

ですから悪夢から覚めた時の現実で味わえる歓喜に似た瞬間のことを思えば、夢はなるべく悪夢の方がいいですね。悪夢はあくまで虚構、だけれど、現実では魂の救済が待っています。よく怖い夢を見るという人がいますが、この人は覚めると同時に実は救われているんです。その救済を問題にしないで夢の悪夢の部分ばかりを問題にするのは夢の見方を間違った人のやることです。

怖いとか、恐ろしいとかいったって、全てフィクションじゃないですか。そんな虚構に恐れずに現実の夢の救済を歓ぶべきです。人は現実に生きているのです。だから目覚めた瞬間をもっと評価するべきです。ここにこそ生きている実感が証明される瞬間です。

だから何度もいいますが、できるだけ悪夢を見るべきです。夢の中で殺されるようなことがあれば最高に歓ぶべきです。そのまま何年も覚めない夢なんてないのです。必ず覚めます。夢の中でいくら美人と出会ったり美味いものを食べても目が覚めれば、その実感は瞬時に消滅します。こんな夢を見て、魂が救われたなんて誰も思いません。魂の救済を実感したければ悪夢に限ります。

悪夢から覚めて「救われた！」という実感は夢ではなく現実です。生きているわれわれは現実を実感するべきです。皆様、どんどん悪夢を見て、現実で魂の救済を実感してください。これは業からの脱却であると同時に魂の救済、つまり悟りへの近道です。

人間は輪廻転生のサイクルで生きている

「いつの時代にも行けるなら、過去、未来、どちらに行きたいですか。それとも特定の過去の時代がありますか」というのが今週の課題です。現代以外は僕にとっては半ばフィクションです。そこで先ず(ま)未来を予想すると、明るいビジョンは描けません。文明の究極の進歩は破壊しか想像できません。現在のロシアとウクライナの戦争は未来を現在に引き寄せた結果のように思えるのです。いくら文明が進歩しても人間の戦争好きというＤＮＡが存在する限り未来は暗いです。だから現世の未来よりも来世の未来の方がよっぽど興味があります。全ての人間はほっといても来世という未来に行くことになっています。しかし来世の未来にも天国も地獄もあります。どちらに行くかは自分の中のエンマ大王が決めます。天国に行きたければ今生の現在をそのために習練するしかないでしょう。

では、過去ならどの辺の過去に行きたいか、ですね。今生の過去なら、そうですね、僕なら、実の両親から離れて養父母に貰われた時期に遭遇してみたいと思いますね。その頃の記憶は全くありません。戸籍では4歳で養子になっていますが、4歳では物心がついているので、実際はそれ以前だと思います。実の親から養父母に手渡される時の僕の気持がどのようなものであったのか、その時の自分を見てみたいと思いますね。

現世で行きたいというか、目撃してみたい過去は前にも書きました。美大の受験を先生に断念させられた時にもう一度タイムトラベルして、先生に抵抗して受験をしてみるというのも運命転換の実験としてはかなり面白いパフォーマンスになるのではないかと思います。つまり、もうひとつの人生を選択するということです。でもこれが実現したとすれば、その瞬間からファンタジーの世界に生きることになるでしょうね。

さらに、もうひとつうんと昔の過去に戻ってみたいとすれば、前世ですね。今生以前の過去世ということになります。このことは輪廻転生を肯定しなければ想定できません。魂がこの地上に降臨（なんていうとまるで宇宙から飛来した魂のようですが）して今日までの転生は一度や二度ではなさそうです。何百回という回数が想定されます。

現世で出会う人達は、かつて過去世で何らかの因縁のあった人達であるといわれます。特に家族構成は、特別縁が深い魂同士が引き合って、そこで夫婦や子供がひとつ屋根の下で集まった結果だといいます。過去世といっても、何百回かの中で、お互いの魂は時間と場所（国）をあちこちと彷徨（ほうこう）しながら、どこかでパチッと出合うのです。しかも今生での性が男性であっても、過去世では女性であったり、今、日本人でも、過去にはヨーロッパ人やアフリカ人であったりもするかも知れません。

このように魂は時間と空間の中をあちこち彷徨（さまよ）って、ある瞬間にパッと出合って家族を形成するのです。まあ一種の化学反応を起こすのかも知れません。家族だからといって必ず性格が一致するとも限りません。むしろ不一致な者同士が出合うことで、そこで初めて新しい修行のチャンスを得るのかも知れません。何もかも一致するような性格なら、修行にならないので、あえて不一致同士を出合わせるのではないかと僕は想像します。

また性別や出生国を変えることで、未体験を体験しながら、多様な魂の経験を踏んでいくのではないでしょうか。また親子の関係でも、かつては敵対視した仲かも知れません。これも愛憎の両方を体験しながら、いずれ不退転者となって、二度とこの地球には転生しないで、天上での永遠の生を約束されるか、または別の惑星に転生するということも考えられます。

家族だけではなく、友人同士、組織の人間同士にも同じ親和の法則が働くのかも知れません。ある場所で一瞬パッと出合っただけで結婚したり、コンビを組んで仕事を長年続けるという関係も何らかの宇宙的（大袈裟（おおげさ）だね）邂逅（かいこう）によって、そこで思わず社会的貢献をするような仕事に発展していくこともあるかと思うと突然ケンカ別れをしてしまうこともあります。こうした原因も長い輪廻転生の中でのカルマ（因果）の法則によって起こるもので、理不尽なもので、理由を追求してもわかりません。そう考えるとわれわれ人間はこの気が遠くなる輪廻転生のサイクルの中で生死を繰り返しているので、そこに理屈なんかを持ち出してもわかりません。何が正しくて、何が間違っているのか、そんなこともわかりません。それをアヽだコオだと言っているのがこの現世だからこそですかね。

今回の鮎川さんが僕に与えて下さったテーマを、あれこれコネ廻して考えてみましたが、まあ、こんなところで如何でしょうか。毎回公案を出されているようで、その昔、禅寺に参禅していた頃を思い出します。

画家にとって幸せなんて不必要

出されるお題がだんだん試験を受けているような恐ろしいことになってきました。今週は「幸せ」と「時間」とは「何でしょうか」。これは哲学者でないとまともに答えられません。

　ですから、アートの領域で考えることでいいでしょうか。

　先ず「幸せ」ですが、絵は「幸せの青い鳥」を探す旅に出掛けることとどこか似ているように思います。いるかいないかわからない当てのない旅はそのまま絵の世界です。目的のない旅です。僕の場合でいうと、どこにそんな鳥がいるのか、いないのかさえわからないで出掛けるわけですから無謀の旅でもあります。旅の途上で出合う鳥が青い鳥ではなく、赤い鳥だったり、黄、緑、紫だったりして、その鳥に出合ったために絵はどんどんおかしな方に向かって、結局は不幸せの鳥だったということは、しょっちゅうです。

　ここで結論から言っちゃいますが、僕はハナから「幸せ」を求めていません。もし「幸せ」に出合ったら、その鳥は僕にとっては決して「幸せ」ではないと思います。無意識に僕は「幸せ」を放棄して、「不幸せ」の鳥を探していることにフト気づきます。絵が作家にとって「幸せ」であるということは、むしろ「不幸せ」なことではないかと思います。だいたい「幸せ」に見える絵なんてほとんどつまらない絵が大半です。だから、最初から「幸せ」など放棄した方がいいのです。もし画家が「幸せ」と出合ったとしても、一瞬でその「青い鳥」は手の中から逃げてしまいます。

画家にとって「幸せ」なんて不必要なんです。そんな幻想は最初から捨てるべきです。だから画家には「幸せ」は最初から無縁です。画家が「幸せ」になったら、その画家は一巻の終わりです。だから絵が全てである僕には生まれながらに「幸せ」とは無縁の人生を宿命によって与えられているのです。というわけで「幸せ」の次の「時間」に移ります。

この時間というのも難題中の難題で、そんなもの存在しているんですかね。人間が肉体的存在であるために「生・老・病・死」なんてお釈迦さまがいったその瞬間から時間が存在することになったのと違いますか？　こんなもの人間が生きているから与えられたもので、最初から死んでいれば時間なんてなかったはずです。人が生まれた瞬間から老化を始めるのは、そこに時間があるからでしょう。だからお釈迦さまが生まれる以前は時間などなかったんじゃないでしょうか。

原始人の時代なんて時間はなかったと思いますよ。昨日、今日、明日なんてそんなものはなく、たった今だけが昨日、今日、明日へと反復していただけの話だったと思いますよ。時間が存在し始めたのは、アダムとイブが出現して、そこで初めて人間に欲望というものが発見だか、発明されてしまったために時間ができたんと違いますか。そんな時間の発見が今日までずっと続いていて、時間は人類のＤＮＡの中でその存在価値を発揮し始めたように思います。われわれは現代、時間を持続、存在させる欲望と執着の時代に生きています。

そんな時間は人類に平等に与えられてはいません。欲望と執着がはかりにかけられて、不平等に存在しているのです。欲望や執着の激しい人の時間は短いですが、それのあまりない人の時間は同じ一日でも、うんと長いです。「あっ、今日はアッという間に一日が終わってしまった」と言う人は、その人の欲望の度合いが強かったので、あれこれ考え過ぎたせいでしょ。こんな時は一日は短いでしょうね。その間ストレスが高じて、生存時間まで縮めかねません。太く短く生きるか、細く長く生きるかはその人の欲望、執着度が決めるんじゃないかな？　と哲学者でも医者でもない僕が我流で考えたことです。

生きている間は物質界が支配する世界で生きているので時間の制約を受けるけれど、死んであっちへ行けば、肉体という物質が存在しません。ということは時間も存在しないように思います。時間が存在しないということは死も存在しないということです。折角、肉体を脱ぎ捨てて死んだんだから、時間の制約から解放された肉体は無になったわけで、そりゃ長生きをしますよ。時間のない世界に透明人間になって這入（はい）ったんだから、そりゃこの現世より向こうの方が自由です。


こちらの自由な人とは問題になりません。向こうでは想念だけの人間になるんだから、想像すれば何だって瞬時に手に入ります。だけどあんまり長くいるとどんどんボケて来るので、再び、こっちの世界に、肉体的苦痛を伴って、あの狭い産道を通って、肉体的存在として再生します。そして、その瞬間から時間の制約の中で、あの「幸せの青い鳥」を求めての、あくなき生存競争が始まります。

この原稿を入稿したあと、嵐山光三郎さんの「コンセント抜いたか」に、「青い鳥」

が出ていてシンクロニシティに嬉しくなりました。

駅伝はそのまま輪廻転生を表している

マラソンと駅伝について、前から考えていたことを書いてみます。僕は高校時代からマラソンが好きだった。僕の母校は高校駅伝で何度も優勝している兵庫の西脇工業高校の前身（工業科がその後西脇工業高校になる）でもある西脇高校である。そんなわけで、マラソンや駅伝には興味があります。

マラソンは一人の人生の一代記みたいなところがあります。人間の寿命は百歳たらずだけれど、マラソンの寿命はうんと短い。マラソンは人生の縮図のようで、42・195キロの中に人生のあらゆる喜怒哀楽がつまっているように思って見ると面白いです。それに対して駅伝は全区間を何人かの人が、タスキを受け渡しながら走ります。

ここで僕が注目するのがタスキです。このタスキが実は大問題なのです。マラソンは一人で完結するが、駅伝は団体競技で、何人もの走者によって完結する。僕がここで言いたいことは、実は人間も団体競技をしながら生きているのです。団体競技と言っても野球やサッカーのような複数の人間で形成された競技のことではありません。

人生は確かに一人の人間が命を全うすることです。言ってみればマラソン走者です。だけど、人間は肉体の消滅と同時に死を迎える。ところが駅伝のランナーは一区間走ったあと、次のランナーにタスキを手渡して、別の肉体がその続きを走ります。そしてまた次に、待機しているランナーにタスキを渡し、次から次へと肉体を転生しながら、最終ゴールまで、この不思議な競技は続けられます。ということは団体競技です。

僕が言いたいのはタスキが受け渡されていく行為です。ランナーは次々と変わるけれど、変わらないのはタスキだけです。

ランナーの肉体は次から次へと変わっていくのに、タスキだけは一本のままで、新しいタスキに変わることはありません。汗の滲（にじ）んだタスキは最後まで取り替えられることはなく、何人もの肉体の腕に通されたままランナーの肉体と密着したままです。

ここで問題！　このタスキは何を意味していると思いますか。

そうです、このタスキは実は人間の「魂」なのです。ランナーの肉体は次から次へと変わっていくのに、一本のタスキは元のままのタスキで変わりません。この駅伝の思想こそが実は輪廻転生なのです。マラソンは一人の人間がひとつの人生を完結して終わりますが、駅伝は完結しないのです。駅伝は何人もの人生を反復しながら、タスキを手放しながら走るのです。

この駅伝の競技はそのまま人間の輪廻転生を表していると思いませんか。輪廻転生なんて信じない人は駅伝よりも一人の人間が全うして終わるマラソンに興味を持っていただくとして、輪廻転生を信じる人は駅伝にその思想を見て下さい。魂の存在を信じる人は駅伝でしょうね。ある時、駅伝ってなんだろう？　とボヤーッと考えている時、突然「輪廻転生」という言葉が脳に浮かんだのです。そうか、あのタスキは転生する魂だったのか、と考えると輪廻転生の思想がそのまま駅伝とクロスしたのです。

最終ランナーがゴールに飛び込んで駅伝は終わります。駅伝のゴールが実は人間の不退転なんです。ゴールに飛び込んだら二度と転生しません。輪廻も打ち止めで、この地上に戻ってくることはありません。不退の土というのは涅槃のことです。輪廻転生のサイクルを終了した魂は死後永遠に生存し続けます。二度と肉体人間にはなりません。

こんな発想は僕の寝言だと思って下さい。仏教者や仏教学者は誰も言っていません。美術家の空想です。でもこの空想の中にもちょっぴり真実があるかも知れません。ないものを「ある」と主張するのが芸術です。真面目な発想からは芸術は生まれません。芸術はジョーク、デタラメ、イイカゲンの中から創造されるのです。ピカソは芸術は発明するのではなく、発見するものだと言っています。僕はピカソに倣って駅伝の中に輪廻転生を発見したのです。

駅伝の発祥の国は日本だと思います。西洋で発祥しなかったのは、輪廻転生の思想がなかったからでしょうか。以前、瀬戸内さんがフランスのテレビ局のインタビューを受けて、輪廻転生について発言を求められた時、瀬戸内さんは即座に「そんなものない」とおっしゃった。西洋近代主義を肯定してフランス人を喜ばせようとされたのかも知れませんが、当のフランス人はびっくりしていました。その時、僕もアレレと思ったことをフト思い出しました。僧侶でもある瀬戸内さんが、どうして輪廻転生を否定されたのでしょう。つい、生前に聞きそびれました。

以前、僧侶と仏教学者が、この問題でシンポジウムを開いた時、ほぼ全員が、輪廻転生を否定していました。すると、僕の駅伝輪廻転生説も否定されるんでしょうかね。

人生の不満の原因は前世にあるかもしれない

「好きな場所、好きなところはどこですか？　また、もう一度どこでもいいので、行けるとしたらどこに行きたいですか。場所ではなく、時代であればどうでしょう。古代、中世など、どの時代にも行けるとしたらどこに行きたいですか」が今週の担編さん鮎川さんのご質問です。

ハイ、どこにタイムスリップしたいか、ってことですよね。その前に知りたいことは、なぜ、自分が自分なのか？　ってことです。なぜ、今生の人生が「これ」なのかを確かめてみたいと思います。その唯一の方法はこの世に誕生する直前の人生に今生の自分の全ての謎と秘密が隠されていると思うからです。つまり前世の自分の生涯に立ち会うということです。前世をどう生きたかというその思想と行動を探ってみれば、今の自分の存在の全貌が一目で解るんじゃないかと思うんです。

人類というか、大方の人間は、自分の存在について解らないまま、解ったような顔をして生きています。そんな自分の全貌が解らないから面白いし、それを創造するのがまた人生じゃないでしょうか。だから、自分が「何者」だなんて、どうでもいいことなんです。そんなことを知ることは神への冒瀆です、なんちゃって。そんなカタイこと言わないで、折角、鮎川さんがタイムスリップのチャンスを与えて下さったんだから、思い切って、前世という過去世にスリップしてみましょうよ。

大方の人達は今生の人生に何らかの不満を抱いているんじゃないでしょうか。そしてその不満の原因は今生にあると思っていますが、実はそうではなく、前世にその原因があるということだってあるんじゃないでしょうか。仏教にカルマ（因果）の法則というややこしい摂理がありますよね。その摂理は今生の問題だけではなく、連綿と続く過去世からズーッと今も続いている気が遠くなる宇宙摂理で、これにいちいち文句を言っても通じない世界観なので、この辺のことはある程度目をつぶることにして、ここから先の話はファンタジックなフィクションだと思ってつき合っていただくとして、まあ疑問もあるかと思いますが、仮に前世が存在すると仮定して下さい。

その前世にタイムスリップして、そこで経験した自分の一生と併走しながら、「へェー」とか「アッ、そうなんだ」と思って、前世の自分を観察することで、解らなかった今の自分のことが、解ったりするはずです。今の自分が抱えている問題の原因は「これだったのか」と解れば、今の自分を修正することもできるんじゃないでしょうか。

今の会社の上司の存在が、今の生活を狂わせている、許せない、と思ったら、何のことはない、前世の自分の奥さんだった、ってことなど、色々の人間関係のトラブルは前世の人間関係が原因だったことが解れば、今生でそれとなく修正することができるかも知れませんよ。とにかく今生の抱えているありとあらゆる問題の原因が、実は今生にあるのではなく、前世にあったんだということが解明すれば、今生の難問は意外と簡単に解決するかも知れません。

しかし、人間には過去世の出来事は一切解らないまま、われわれは、この今生に出てきているのです。タイムスリップで過去世を覗(のぞ)くことで人間が成長するのなら、神だか宇宙摂理だかは、魂の転生を秘密にしないで、われわれ人間の記憶のキャパシティを今生だけに限定しないで、ひとりひとりの魂の発生当初から今日までの何万、何十万年の記憶を脳の中に貯蔵してくれていてもいいはずですが、それをしないのは、多分、魂の進化を考えた上で、「それはダメ」ということになったんだと思います。全宇宙、全人類の歴史の記憶、つまりアカシックレコードを、必要な時に引っ張り出して、その記憶を読んじゃうなんてことを、もし神が許したら、それこそ人類も地球も目茶苦茶になって、宇宙から人類も地球も消滅してしまうに決まっています。

だから、鮎川さん、この僕の前世タイムスリップ妄想は、あくまでも妄想にしておきましょう。というわけで、生前以前の世界に行くのは止めて、まだ一度も行ったことのないギリシャへ行ってみたいと思います。でも、これも妄想に終わりそうです。ここ10年間は韓国への旅行を最後に海外へは行っていません。難聴と、現在の年齢を考えれば海外旅行は無理です。そんなわけで、過去に行った海外旅行をあれこれ想い出しながら、就寝時のわずかな時間の中で過去のノスタルジーに浸っています。そのせいか、しょっ中、夢の中で海外旅行で迷子になったり、トラブルを起こすパニック夢ばかり見ています。でもそれが夢だと解った時の快感は至福の瞬間です。

画家が長寿なのは無心になる術を心得ているから

コロナ禍で都心に出ることも年に、二、三回、散歩も中断、ほとんど終日ステイホーム獄中記でも書くように、絵を日記代りに描くようになって、かれこれ2年半近くなるのでは。歩かないくせがついて、家からアトリエまでの短距離も自転車。日課のようにしていたアトリエから野川緑地広場までの散歩もしなくなってしまった。

身体を動かすのは絵を描く時ぐらいで、これだって腕を動かす程度だから運動にはならない。絵以外は完全な怠けぐせがついてしまって、寝た切り老人とさほど変らないほど怠惰な肉体になってしまった。そのせいか、いや、そのせいに決まっているが、少し身体を動かすだけで、靴下や靴を履くためにしゃがんだり、家の階段を昇るだけで息切れがする。だから徒歩でアトリエに行くのも一苦労。犬がハアハアいっているのとそう変らない。以前は歩いて5分のアトリエまでの距離が今では3倍の15分を要する。

肺と心臓の機能を心配して、病院で徹底的に検査をしたが異常はない。やはり運動不足とマスク生活のせいではと、アトリエ内を歩いてみたり、バルコニーで大きく深く呼吸することを試すが、さほど改善しない。やっぱり運動をしないことと、絵を描く疲労がたまったのだろうか。それとも老齢のせいか。最近は膝(ひざ)が痛む。外科の先生は変形性膝関節症ではと診断。息切れと、歩行障害以外は、時々、夜中に胸焼けがする程度で、内臓の問題はないと思っている。

本誌が出る前日の6月27日に満86歳になる。元々虚弱体質で、年中、日替り病気をしながら、手術を受けるような大病も患わず、よくこの年まで延命してきたと思う。養父母が69歳、74歳で逝去したが、親より遥かに長生きしているのは、われながら奇蹟のように思えてならない。今日まで実に多くの友人、知人が亡くなっている。もうこちらにいる人よりもあちらに行ってしまった人の数の方がうんと多い。この間電話帖を見て驚いた。すでに半分以上の人が鬼籍に入ってしまっている。ほとんど用をなさない電話帖だが、亡くなった人の名を簡単に消すわけにはいかない。

毎日、新聞の死亡記事が目に飛び込んでくるが、ほぼ僕の年齢の前後の人達ばかりで、かつて会ったことのある人も多い。画家は他の職業の人に比べると長命が多いと聞く。ざっと頭に浮かぶ画家も大抵が90代までの長寿者である。現在は寿命が延びているので、これからの画家はもっと長命であろう。僕も画家の末席を汚している一人だから、予想以上に生かされていると思う。

画家はどうして長命の人が多いのだろう。これは僕の想像であるが、画家は制作中に無心になれる術を心得ていて、子供のように三昧に没入することができる。そのことで頭の中は空っぽ状態になれるので、先ずストレスから解放される。医者に聞くと、現代の病気の大半はストレスだという。すると画家は制作時は没入するので確かにストレスからは見放されている。僕のように虚弱体質でも、絵を描いている時は頭の中は空白で、言葉や観念は追放されている。言ってみれば死んだ状態である。死んだ人間はこれ以上死ぬこともできない。死んだもん勝ちというのが画家である。先ず、ややこしいことは考えない。それと描くということ自体が目的になるので大義名分を持つ必要がない。はっきりいってアホになれる。寒山拾得になれる。だからか寒山拾得の絵ばかり描いている。理屈のない世界で生きている寒山拾得は画家の憧れのヒーローである。そのせいか江戸の大半の画家は寒山拾得を描いている。絵が究極に目指す世界が寒山拾得であると認識したせいであろう。

北斎が90歳の時、あと10年延命を望んだ。そのことで究極の宇宙の神秘を描くことができると信じた。絵の究極は宇宙との一体感であろう。それが100歳を目前にした時、実感するのだろう。まあ、大抵の画家は、究極の境地を目前にして死んでいくのかも知れない。あと一歩で不退転に達するか、それとも、もう一度転生して、最後の仕上げを次の来世に託するのか、その辺は人それぞれであるが、できれば、今生を最後にして輪廻のサイクルから脱出したいもんだ。

僕もそうしたい。5歳から80年間描き続けていて、いい加減に飽きた。もう一度生まれ変って最後の総仕上げなんてしたくない。画家は今生でもう結構。絵は文字通り未完のまま終ってしまうかも知れないが、こんなのは千年でも万年でも、絵の完成なんてあり得ない。どこかで見切りをつけるのもいい。やり残すというのではない。長くても短くても一生は一生だ。やり残したなんて思って死にたくはない。死ぬ時は仮に未完でもそれなりに未完という完成を果たして死ぬのがいいと思っている。もうこの年になると、死は目と鼻の先にある。肉体の死が全ての終りだとは思えない。次の次の、さらに次の命がある。だって人間はというか魂は死ねないようになっているのだから——。

高齢者はみんな芸術家

高齢者には孤独に悩む人もいます。孤独に悩みつつ、安易に誰かと関係を持ちたくないという複雑な心理もあるようです。家族と暮らしていても孤独を感じるようです。孤独を感じたことがありますか。ひとりで強く生きていく、うまい方法はありますか。

この質問に対して答える自信はないですが、高齢者だからというのではなく、僕はもともと子供の頃から、ひとりっ子育ちで、孤独が当たり前の環境で育ったので、孤独という言葉がピンとこないんですよね。高齢者の今まで、ズーッと孤独といえば孤独ですが、孤独ということを考えたことがないんです。養子先の両親がすでに老人だったので、親と話が合うということもなく、話が合わないのが当然というか、このことが自然なので、何の問題もなかったように思います。兄弟がいれば楽しいだろうなあ、とも考えたこともなく、うるさくかまう人もいなかったから、ある意味で放っといてくれたのでかえって面倒臭いこともなく、ただ暇があれば絵ばかり描いていたように思います。近所には子供がいたので、彼等と遊ぶことで孤独をまぎらわすこともできたように思いますが、まあ、それ以前に孤独感に襲われることもなく、こんな言葉は僕の中には存在していなかったのです。

絵を描く時だって、誰かがそばにいるとうるさいだけだし、小川に小魚を獲りに行くのが趣味で、誰かと一緒に行けば獲物はひとり占めできないので、小川や川へ行ったり、虫を追ったりも、いつも全てひとりです。こんな時は、わいわい人が沢山いると、魚も虫も獲れません。だから、僕の行為は全て、ひとりです。孤独が必要なんです。孤独でなきゃ、何ひとつ楽しめないのです。だから僕の遊びと孤独は必然的に一体化してなきゃならなかったのです。そんな子供の頃からの習慣が大人になって、今、高齢者になっても何ひとつ変わっていません。

誰か人がいたり、関係を持つなんて発想が最初からないのです。だから高齢者が孤独を恐れているなんて、なかなか理解ができないのです。むしろ、自分ひとりの時間がありあまるほどあって、最高じゃないですか。誰にも邪魔されないで、自分だけのひとりの時間が楽しめるなんて、最高の贅沢なのに、どうしてかな？　と逆に疑問を持ってしまいます。今の僕なんか絵を描かない日は、全く何もしません。テレビも観ないし、本も読まないし、何もしないという無為ほど愉しいことはないのに、というのが僕の愉しみなんですよね。

何かしなきゃと、誰かと話したり、関係を持ちたいのは、きっと今までの生活習慣の結果ではないんでしょうか。定年で生活がガラリと変わるのは新しい自分、知らない自分との出会いだから、新しい人生のためにもチャンスじゃないでしょうか。以前の仕事はキッパリと忘れてしまった方がいいです。一生に二つの仕事ができるのは最高の生き方ではないでしょうか。うらやましいと思います。以前の生き方の延長なんて考えないで、赤ん坊になったつもりで、かつての名誉、地位、など全て捨てて、名なしの権兵衛になって生きられるじゃないですか。以前の人生や生き方の尾てい骨なんて不必要です。

目的を持ったり、結果を考えたり、何々のため、なんて不必要です。面白いこと、したいことを損得考えないでやれるチャンス到来と考えてはどうでしょう。実は僕のような画家は、いつもこのようなことを考えているのです。社会のため、人のためというような大義名分もいいですが、何の制約も受けない、自由な身になったんですから、嫌なことはしない、その代わりに好きなことだけをする。これをやったら何ぼのもんになるんやろ、とそんなケチなことは考えてはいけません。画家はお金にならない絵ばかり描いているから面白く、愉しいのです。ですから、芸術家になれるチャンスです。芸術なんてむつかしいことは考えなくていいです。常識や型にはまったことからはみだした、何の基準もない、変なことを考えたりすることが芸術です。人間は生まれながらに全員、芸術家です。それが社会と関わり過ぎて、その存在を忘れてしまい、やっと高齢者になって芸術意識にウスウス気がつくのです。

高齢者イコール芸術家であると、このくらい厚かましい考え方を持って下さい。すると病気のことは忘れて、気がつけば延命しています。そうなると今考えておられる孤独なんか、ナンノコッチャです。孤独ほど楽しい生き方はないでェという考えに到達します。孤独に悩むのは、妙な目的や結果ばかり考えるからです。その程度の孤独はチョロイもんです。本格的な孤独を手に入れると、ヘェー、こんな素晴らしい世界があったんか、と思うほど孤独が最高の生き方であることを教えてくれます。

あなたはどの時代の前世を覗きたいか

瞬間移動でどこでも行けると言われたらどこか行きたい地はありますか？　うーん、

そうねえ、かつて居たかも知れないけれど、すでに記憶のない場所で、何をしていたかという自分をもう一度追体験してみたいですね。

となると、今生の体験ではなく、うんと昔の過去の時代ということになりますね。例えば1万2千年前に沈没したアトランティスとか、ムーとかレムリアでもいいですが、そこまで時空を飛ばさなくても、もう少し近い時代がいいかな？　ということになると今生の直前の前世がいいと思いますね。

だけど、前世から今生に転生するまでに待機していた霊界での期間があります。その霊界期間に果たして何年いたか？　100年いたのか、もっと長期に及んでいたのか、逆にもっと短期でこちらに転生したかで、前世と今生までの空白時間を換算する必要があります。

まあ前世で死んですぐ今生に生まれかわることは滅多にないと思うので、100年200年前の世界ということになるんじゃないかと思いますが、また、その前世がどこの国であったか、どんな時代であったかが皆目わかりませんよね。しかも性別だって男か女かもわかりません。先ずタイムマシンでタイムスリップするしかないですが、もし、その時代と場所が、日本の戦国時代だったり、フランス革命真っ只中だったら、あわてて現在に逆戻りしたくなります。戦乱に巻き込まれて、そこで殺されたりした経験など、再びしたくないですからね。

その時は、もう一度、時間を巻き戻して、もっと平和だった時代に再挑戦することになると思います。神風特攻隊で死んだ若者達は意外と早く転生するというような話を聞いたことがありますが、僕は特攻隊以前の昭和11年生まれですので、それ以前の前世ということになります。もし前世も日本人だったとして江戸時代のサムライで、武士道に生きたとなると、最後はやっぱり殺すか殺されるかの命のやりとりをして終ったということになりそうですので、これもやっぱりイヤですね。といって浮世絵師でも歌麿や、北斎や広重なら、それはそれなりに人気画家として人生を満喫したと思いますが、二世続いて同じ職業も面白くないので、やっぱりもう一度タイムスリップをやり直して、イタリア辺りに住んでいた時代を探し当てて、そこに降臨（この言葉は神にしか使えない言葉らしいですが）して、フェリーニの映画の世界のような時代にもし生きていたのなら、それもいいかなと思いますが、フェリーニの時代といっても古代ではなく、現代が舞台ですから、どうかな？　映画のようなイタリアの生活も少しは味わってみたいけれど、そんなイタリアのナポリかどこかで生まれていて、若い頃は美人だった奥さんも、ソフィア・ローレンのような女性になるなら嬉しいけれど、だんだん年を取って、フェリーニの「8 1／2」のあの太っちょのサラギーナみたいな女性が奥さんなら、これも考えものですね。そこで再びタイムスリップして、もっと別の国の別の時代の環境に逃げ込みたくなります。

こうして片っ端からタイムスリップして、平和で幸福な美しい風景の国に降臨したいと必死になって色んな前世を探し続けることになりますね。どこの時代に帰っても、大きい悩みや苦しみを抱えた場所ばかりだったら、前世巡りは止めて、やっぱり今の時代の環境がいいか、という風に落ちついて、もう二度と前世巡りの旅は止めて、80年前の自分の子供時代でいいや、ということに落ちつくかも知れませんね。

僕の子供時代はひとりっ子で寂しい時代を過ごしましたが、あれはあれで結構、孤独を愉しんでいたと思います。でも、やっぱりもう一度アトランティス時代に戻ってアトランティス大陸が沈没していく恐ろしい終末的な光景を目の当たりにするのも、セシル・B・デミルの映画を観ているようで、これはこれでいつか未来に起こるかも知れない人類の黙示録的世界を先取りして、未来を予兆する体験もしてみたいとも思いますが、やっぱり平穏無事な平和と幸福の時代の中で静かな時間を満喫するというなら、やっぱりあの子供の時代に帰るのが一番いいかなと思ってしまいますが、あの時代だって第2次世界大戦の時代だったので、ここも考えものですね。

僕の子供時代の将来の夢は画家になることではなく、以前も書きましたが、町の小さい郵便局に勤めて郵便配達夫になることでしたが、このことは僕の宿命ではなかったようです。その後の様々な人生は結局運命の導くままに従った結果で、まあ成るように成るしかなかったように思います。タイムマシンに乗って、色々な前世などを妄想してきましたが、もし行くとしたら、放っといてもこれから本当に行くことになる死後の世界を先に、チラッと覗いてみたいような気もしますが、これは本番でのお愉しみにとっておきましょう。

孤独ほど自由と快楽の世界はない

年末年始、正月休みの過ごし方ですか？　日常生活とちっとも変わりませんが、超孤独を吟味しながら楽しんでいます。

大晦日ぎりぎりまで絵を描いて、顔見知りのおそば屋で年越しそばを買って、家で調理したのを頂きます。その年によって、長男が来たり、長女が顔を出すこともありますが大抵は夫婦二人の大晦日です。

ほとんどの局のテレビはバラエティー番組や歌番組なので、9時には床に入って寝てしまいます。大晦日も正月気分もテレビの中の出来事でわが家は世間の外側にいる存在です。

翌朝の元旦は一応夫婦で正月の挨拶らしいことをムニャムニャと言って、飲めないおとそと雑煮で正月を祝って、毎年知人が差し入れてくれるおせち料理を横目で睨(にら)みながら、ニューイヤー駅伝の一区間を観て、その続きはビデオで夜の愉しみ。朝食が終わるといつものように自転車でさっさとアトリエに向かいます。

そして大晦日の続きの絵に筆を入れる描き初(ぞ)めの儀式？　を行います。昼食は近くのコンビニで弁当を買いますが、店員のお姉さんは、独り暮らしの寂しい孤独な老人だわ、というような顔もしてくれます。天気のいい日はその弁当を持って野川公園のベンチに向かいます。いつもの喧騒(けんそう)は一変、物音ひとつしない、無人の静寂な公園のベンチで、まるで地球最後の日のように人の声も人の姿も地上から消滅したように無と空だけが支配しています。そんな究極の孤独の中で、コンビニの弁当を頂きます。

いつもなら、サッカーに興じる親子がいたり、犬を連れた婦人がいたり、ジョギングする中年のペアがいたりするのですが、今日は死の世界のように時間が停止して動くものといえば木の葉が風でゆらぐぐらいです。天空から俯瞰(ふかん)すれば、家族から追放された公園のベンチで食する寂しいあわれな老齢の浮浪者のようにきっと映っていることでしょう。

僕は幼児の頃からひとりっ子で育てられて、絵ばかり描いていた子供だから孤独は慣れているというか、孤独こそ僕の自然体の姿だと思っているので、天空の眼の同情など、余計なお世話です。ホットイテ下さい、また孤独ほど無二の親友はないのです。また孤独ほど広大無辺の空間はないのです。他人の関与しない世界ほど自由と快楽の世界はないのです。「芸術は爆発だ！」なんてアホなことを言うもんじゃありません。「芸術は孤独だ！」から生まれるもので、爆発は世界の消滅で、死以外の何ものでもなく、何も創造しません。

僕の正月三が日はこのように孤独を愛し、孤独に愛される日々を送ります。この間、夢について書きましたが、正月の初夢だけは日常の延長の夢とどういうわけか切り離されて、何故か特別の夢を見せてくれます。初夢は二日の夜に見る夢のことらしいのです。初夢は「一富士二鷹三茄子」と言って初夢の縁起の良い順番をいうらしく、一番が富士山、二番が鷹、三番が茄子だそうです。誰が言ったか知らないが、故事ことわざではそうなっているのです。一説では駿河（静岡県）の国の名物の順番であるという。さらに「一富士二鷹三茄子四扇五煙草六座頭」と続くらしいが、そんなこと知ったからといって、どうってことないですよね。

僕は縁起のいい夢といわれている一番の富士山の夢を初夢で2回、見ています。最初の富士山の夢は鷹に代わって大きい亀が富士山の宙空に跳びはねている夢。もうひとつは富士山が二つ重なって並んでいる夢です。これらの夢を見た年に何か縁起のいいことがあったかどうかは記憶にはないけれど、今でもこの二つの夢は不思議と忘れないで覚えています。

正月休みだからと言って誰か来るわけではないし、行くとすれば初詣ぐらいかな。それも行ってみたり行かなかったりで、その時の気分です。黒澤明さんの映画でおなじみの土屋嘉男さんの生前には、正月になると二人で自転車に乗って、野川上流の水源まで行ったり、遠くの氷川神社に初詣をしたりして、黒澤さんや三船敏郎さんや原節子さんを今、目の前にいるように、演技たっぷりで物真似などして見せてくれたあの年上の親友も今じゃ、鬼籍の人になってしまいました。土屋さんがいなくなって以来、再び孤独の正月に戻りました。

正月休みを利用して温泉に行くとか、ハワイに行くなどの発想は毛頭ないですね。アトリエで無為な時間を過ごしていると、自然に昔、海外をひとり旅した光景が再現されて、そういう記憶の時間の中で知らず知らず遊んでいるように思いますが、その記憶も年と共に薄らいで幻のように朦朧（もうろう）としてきます。

記憶力があるとは、この世に執着が強いということ

記憶は覚えている方がいいか、どうかとこの前お会いした時、こんな話題になりましたね。鮎川さんは如何ですか。最近の僕は一緒に仕事をしている人の名前が、本人を前にして、突然出てこなくなることしょっちゅうです。こういう時はできるだけ努力して思い出した方がいいと言われますが、面倒臭いので、忘れたら忘れていいと開き直っています。人の名前だけでなく、物の名前も、それから普通名詞も出てこないことはしょっちゅうです。だから文章も書けなくなってきています。名前だけではな

く、たった今、したばかりの行為も忘れることがあります。病院に行けば多分初期のアルツハイマーと診断されるんじゃないかな。

この前、鮎川さんと一緒に会った矢崎泰久さん、あのあと急逝されてしまいましたが、90歳を目前にして、あの記憶力は、もうお化けですね。本人も言っていましたよね。「記憶力が凄すぎて、それが欠点で、不幸だ」と。ひどい目にあったこととか、意地悪されたこととか、恥をかいたことなど、記憶力がよすぎるのも問題ですね。記憶力にたよって絵を描いている僕なんか、彼のことを羨ましく思ったもんです。

20年ほど前、友人の編集者と日光に行った時、「ウワー、初めて見た！」と感嘆の声をあげたら、「何を言ってらっしゃるんですか、この前も来たばかりじゃないですか」「本当?」「いつも初めて見るように思われるのは新鮮でいいですね」。すでに60代の頃から、ボケていたのかな。

でもね、あんまり記憶力がいいというのも考えもんですよ。記憶力というのは一種の執着力ですからね。物事にあんまり執着すると、死んだら、お化けになって、成仏できませんよ。矢崎さんに意地悪をした人は夜道など気をつけた方がいいですよ。いつ出て来られるかわかりませんからね。

できれば生きているうちに、執着になっているような記憶があるなら、断捨離しておいた方がいいですよ。自分を縛り上げている記憶によって、自由になれないことがあります。中々、自分が解放されないと悩んでいる人がいるなら、その人はきっと記憶の執着によって解放されていないんじゃないですかね。

人間の業（カルマ）は行為や想いによって形成されるように思います。過去の楽しい想いは、まあいいとして、つらい想いなどはさっさと忘れてしまった方が、生き易いように思います。生きにくい理由は多分、執着した記憶が原因だと思います。断捨離は物に対する記憶の執着を捨てることです。だから物を捨てることによって記憶の執着も処分できるというわけですが、もし人間が悟っているなら、物を持っていても、その物に対する執着がなければ、いくら物を持っていてもいいということです。お釈迦さんはもし住むなら、煩悩だらけの町の見える所に住んで、それにもかかわらず煩悩にとらわれない心を鍛えよと言っています。その方がかえって修行になるというのです。と思えば記憶を所有しながら、その記憶の執着から解放された自由こそが本当の自由ということになるんじゃないでしょうかね。

チベットの僧侶は砂を手に握って、砂を絵の具に代えてマンダラを描きます。マンダラとは願いです。何日もかけて物凄い精密な美しいカラフルなマンダラを地面に描きます。そしてやっと完成しました。「ウワー、なんと美しいマンダラ絵だこと！」と感動する間もなく、何日もかけて描いたこのマンダラの力作を、完成と同時に、描き上げたその手で、アッというまに、ぐじゃ、ぐじゃに壊して消してしまいます。

マンダラが存在していたのは、描かれたプロセスの記憶だけです。完成は一瞬で、次の瞬間、消してしまいます。マンダラの作品の完成がそのまま破壊です。頭に残るのはマンダラの記憶だけです。実体は存在しません。これは究極の芸術です。実体はありません。記憶の中にしかありませんが、これもやがて消滅していくでしょうね。僕は記憶とはマンダラの砂絵だと思います。記憶は消滅する運命なのです。だからそれでいいんです。そんな実体のない記憶にいつまでも執着するのはおかしいということになりませんかね。

記憶というのは過去の時間です。記憶と共に生きるということは過去の時間の中で生きているということでしょう。記憶に執着することは過去に執着することだと思います。僕達が生きているのは過去でも未来でもない。たった「今」というこの瞬間にしか生きていないのです。ラマ教のマンダラ絵は「今」「今」「今」の瞬間を留(とど)めた絵です。だから完成と同時に「今」も消えるわけです。当然描いている最中のプロセスは過去なので、さっさと過去を消してしまうのです。

だから、過去の記憶は全て幻想ということになりませんかね。

夢を見るのは、死の世界への旅の準備

「最近は何か夢を見ましたか。僕は物凄いスピードで飛ぶ飛行機を何機も見て、技術が進歩した、と感動していたら、それは夢でした」との鮎川さんからのお題です。

僕の夢のキャリアは長いです。１９７０年以来53年間、夢日記を書いています。「夢日記」も2冊出しています。夢日記を記述するようになったのは、毎晩のように空飛ぶ円盤（当時はまだＵＦＯという呼称は一般的ではなかった）が夢に現れて、宇宙人が僕を空飛ぶ円盤に乗っけてくれて、地球を離れて、地球外惑星に連れていってくれたりする。こんな夢が7年間も続いたんです。空飛ぶ円盤や宇宙人の夢だけでなく、ほとんどの夢が超現実的なスペクタクルなものばかりで、夜になるのが楽しみで、毎晩スペクタクルな映画の主人公を演じていました。

ところが現在はそんな楽しい夢は全く見ません。日常とほとんど変わりのない、実に空虚な夢ばかりです。夢は一種のフィクショナルなファンタジーなはずなのに、最近の夢ときたら全く夢としての価値のないものばかりで、これを夢と呼ぶこと自体おこがましいほどです。

ここ数日の間に見た夢とは呼べない夢の話をしましょう。先ず最初に見た夢は、アトリエの床に未使用の油絵具が沢山ころがっています。僕の色彩感覚のカテゴリィから排除された色ばかりです。だけど逆にこのような普段絶対使わない色だけで絵を描いてみたらどうだろう、とこの間から思い始めていたのです。そしたら、そのままの考えを夢に見たのです。床に未使用の絵具がころがっている夢で、この絵具で絵を描くとどうだろうと、普段考えていることがそのままそっくり夢になったのです。

そして、もうひとつの夢は、この間から明恵(みょうえ)上人の本の書評をすることになって、書くことは書いたのですが、最後がなかなか上手くまとまらないで困ったなあ、と思っている状態が、そのまま夢になって、夢の中で困ったなあと思っているのです。

もう一本の夢は、寒山拾得の絵を描いたのですが、画面の中に、英文を書き入れたくなって、知人の学芸員に和文の言葉をメールしようと思っていたのです。すると夢の中に入れる英文のメールが届いて、早速、絵の中に描きこもうとするところでこの夢は終わったのです。

この3本の夢は覚醒時に考えていたことがそのまま夢になった夢だけで、日常の延長そのもので、わざわざ夢にするほどの夢ではないのです。ただ日常の想念をそっくり、そのまま夢で反復しただけ、わざわざ、夢にする価値など全くない、想念と時間の無駄をしているだけです。

普通なら、もう少し夢に進展があってもいいはずですが、全く気のきかない、印刷物のコピーのような夢です。これにはあきれかえるしかないです。夢といえば無意識の願望を達成するとかで、何らかの効用があっていいはずですが、それがないのです。全く0（ゼロ）です。

もう夢を見る、または見せる価値のない存在の人間になってしまったんでしょうか。夢というより単なる雑念です。フロイトもユングもへったくれもない夢です。河合隼雄さんは僕のかつての夢を「人類の宝」だと言って評価して下さったが、もし今の夢の話をしたら、きっと「人類のゴミ」だとおっしゃるような気がします。

わざわざ夢にしなくてもいいことをわざわざ夢にして見せるなんて、もし夢の神様がいたら、一体何を考えているのか、と文句のひとつでもいいたいところです。一日一日を価値のあるものとして生きて行こうと思っている時に、この価値のない生き方を与えようとする夢の神様は、どうかしている、眠っているんじゃないかと文句がいいたいくらいです。

人間には無意識がある。夢はその無意識をつかさどっているというが、僕の夢は無意識ではなく、そのまま顕在意識じゃありませんか。フロイトもユングも間違っとる、と抗議したいところです。僕の夢は人間には無意識がないということを証明したに過ぎないのです。そーいう意味では心理学の学界の理念を根底からひっくり返したことになります。無意識というのは実は意識の反復だったと言い直してもらいたいと思います。

人生の後半というか臨終期になると夢の神様は人間から無意識を排除して、死の世界への旅の準備をさせようとしているのかも知れません。死の世界にはもしかしたら無意識など必要ないのかも知れません。生きている人間にだけ与えられているのが無意識だとすると確かに肉体のない死者には無意識など不必要です。死んで尚かつ無意識があるとか夢があるとかはどう考えてもおかしいです。

やっとわかり始めてきました。死の予行演習のために無意識を、僕のようなつまらない夢によってボチボチ、その死の準備に入ろうと手助けをしてくれているのかも知れません。神秘主義では夢は死と同一の体験とみているところがあります。

幽霊はありえないシチュエーションに現れる

「怖いものはありますか。僕は実は大きな犬が今も怖いです。道を歩いていて大きな犬（リードにつながれていても）が来ると怖くて少し遠ざかります」

僕も大きい犬は怖いです。小さい犬も飛びついたり、大きい声で吠えたりするので怖いです。犬派と猫派がいますが、猫は大好きです。でも知らない猫は手で引っかくのがいますから、安心できません。

そうねえ、現実で怖いのも怖いですが、目に見えない存在、例えば幽霊は怖いですね。僕は幽霊を何度も見ているので怖いですが、幽霊はむしろ消えた瞬間の方が怖いです。「出た！」時は、それが幽霊だとわからないけれど、それがパッ！と消えた瞬間に、幽霊だったことがわかって、「ウワーッ！」ということになるのです。この感覚わかります？　なかなか体験しないとわからないものです。

幽霊だからといって別に恐ろしい顔をしているわけではありません。だけど幽霊はあり得ないシチュエーションに現れるので、変だなあと思うのですが、出現している時は、それが変なのか、変でないのかが一瞬理解できないのです。あり得ない所にあり得ない姿で出現しているにもかかわらず、それが非現実的な情景の環境の中にいるにもかかわらず、すぐにはそれが幽霊だとは理解できないのです。

「変だなあ？」とも思わないくらい自然なんです。でも冷静に考えればどう考えてもあり得ない情景に遭遇しているのですが、それと遭遇、または目撃した時のこちらの精神が少しおかしくなっているのか、すぐ幽霊だというのがわからないのです。

では例えば、の理由を挙げて説明しましょうか。沢山見ている幽霊の中で、これから語ろうとする「怪談」はそれほど怖いうちに入らないものですが、やっぱりびっくりしました。

アマゾンのパンタナールに行った時です。バスでジャングルの中のホテルに着いたのは明け方の3時頃です。平屋の簡素な建物でした。もう疲れてクタクタになっていたので、風呂にも入らないで早急にベッドにもぐりました。窓の外には月が見えました。ベッドに入ってまだ、1~2分もしない頃、フト人の気配を感じて目を開けました。足の上の空間辺りに人の顔があるのに気づきました。ジッと目を凝らして暗い空間を凝視すると、宙に人の顔が浮いていました。よく見ると黄色と赤色のストライプのニット帽を被った長髪の老人の顔が見えました。胴体はなく、首だけが宙に浮いていました。別に怖いとも思いません。老人の顔は茶色一色で優しい表情をしていました。

と、その時、その老人が語りかけてきたのです。口を開いていないように思いました。英語でGOOD EVENINGと聞こえました。それが不思議なことに、その言葉が英文の文字になって、僕の右側から頭の後ろへイルミネーションのように移動したのです。まるでアニメの文字が動いているようでした。

その文字は右から僕の頭の後ろへ廻って消えていきました。そして次に起こったのは僕の脳に言葉が語りかけてきたのです。何語だかわかりませんが、意味は実に明快に伝わってきました。

「ようこそ、私たちの土地にいらっしゃいました。私は、以前この地に住んでいたインディオで、私はインディオの精霊です。あなたが、こちらにいらっしゃる間は、私たちはあなたの安全をお見守りいたします。どうぞ、いいご旅行を」

と言ってインディオらしい老人の姿は消えて、もとの闇に変わりました。僕はベッドの中で「ヘェー」と思って、そのまま眠ってしまいました。翌朝ホテルの中庭で朝食が始まりました。僕たちの旅行グループは10人くらいいました。昨夜の出来事を話すべきかどうか迷いましたが、朝食後に、近くの博物館を見学することになっていたので、もしや、この辺りにインディオがいたとすると、そのような痕跡があるかも知れないと思ったので、思い切って昨夜のインディオの話をしました。

すると意外に僕の話に興味を持った人たちが何人かいて、インディオの被っていたニット帽があるかも知れないと、僕以上に興味を持って博物館を訪ねました。この土地にインディオが住んでいたかどうか、知っている人はひとりもいなかったのですが、博物館へ行って驚いたのはインディオの資料が沢山あって、インディオの精霊が被っていたニット帽が沢山展示されていました。

黄と赤のストライプのニット帽は見つかりませんでしたが、それに似た帽子は沢山あって、旅行者の仲間たちは喜んで、誰ひとりとして僕の昨夜の異次元体験に疑問を持つ人はいませんでした。翌日は台風に遭って危険なセスナの飛行になりましたが、精霊の言葉通り身の安全は守られました。

この体験は幽霊体験に違いないが、相手が精霊だったので怖くはなかったです。こういう体験ならいつでも大歓迎です。

心筋梗塞の苦痛を味わうなら死んだ方がましだと思った

２０２２年の７月８日、安倍晋三元総理が襲撃された６時間前に、僕は強烈な苦痛に襲われた。朝の５時頃だった。トイレから出た途端、胃が苦痛と共に胸の方に突き上げてくる衝動に思わず冷たい板間に倒れてしまった。かつて経験したことのない苦痛だった。突然のことだったので、自分に何が起こったか、さっぱりわからなかった。ただ、この強烈な苦痛から逃れるためには、死んでしまった方が助かると思った。このまま生き続けるより、死ぬ方を選びたいと思った。だからか、不思議と死の恐怖はなかった。

あとで知ったのだが、全ての苦痛の中で心筋梗塞がNo.１だそうだ。早朝にもかかわらず事務所の徳永と救急車も駆けつけ、指定の病院に向かった。ここから先は意識があるものの、このあとにどのような処置が施されるのか、全く、頭が働かない。救急患者の受けつけから、控室に運ばれたらしく、妻と徳永が若い先生の説明を受けているが、難聴の僕には何ひとつ理解できない。そんな先生との3人の会話の横で、看護師さんがやってきて、突然尿道に管を挿入すると言った。手術中の尿の処理のためらしいが、僕には何のことかさっぱりわからない。その処置の苦痛というか気持ちの悪さは想像を絶して、言葉にならない。一体何が始まるのかわからないまま、この後に大変な施術が待機しているらしいという予感だけはする。

やがて手術室へ向かうストレッチャーに乗せられて、運ばれることになった。ここから先はコロナ禍のため面会謝絶らしい。その時ストレッチャーと並走しながら妻が、顔を近づけながら、無言でニッコリ笑って手を振るのだった。手術室に向かう夫に満面の笑みを浮かべて、顔の前で手を振っている。普通ならとり乱してオタオタしてもおかしくないはずの妻の表情に僕は不思議と安堵（あんど）感のようなものを感じた。あの振る手は、「バイバイ」とこの世の別れとも、「See you soon」（あとで会いましょう）とも取れたが、この時点で、急性心筋梗塞かどうか、わかったとしてもそれが何なのかさっぱり理解ができなかった。

何だか薄暗い部屋に運ばれて手術台らしい場所に移され、一体この部屋に誰がいるのか、何人いるのかさっぱりわからないまま、僕は何をされるのかも、何の説明もないまま、事が進められているように思えた。身体のあちこちに注射を何本も打たれた。足首にも打たれたような気がする。もはや、「痛い」という気持ちもない。マナ板の鯉になるしかない。パンツも下ろされ、下の毛も剃られたような気配。やがて、「麻酔を打ちます」という声がするが、別に気絶もしなかった。何だかわからないが右手首の血管に何かが挿入されているようだが、いちいち反応する気もしない。一体何が行われているのか説明もない。また聞きもしない。

長い時間のあと、腰や背中が痛くなって動き始めると「もう少しで終わります。我慢して下さい」と言われてからの時間は地獄であった。「ハイごくろうさま」の声でやっと解放されて、再びどこかの部屋に移動しているようだ。やっと小さい個室のような所に運ばれたが、身体にチューブがやたらと沢山巻きついているように思えた。どこからか話し声が聞こえて「安倍さんが狙撃された」というようなことを言っているが、僕だって狙撃されている。安倍さんの問題は僕の問題でもあるように思えたが、この時は、安倍さんのことが大事件だとは思えなかった。自分の問題があまりに大きかったからだろう。

そして夜が来て、朝までチューブで巻きつけられたままで一睡もできない長い一日が終わった。さらに早朝から、4時間ばかりの点滴が始まった。チューブがあんまりわずらわしいので看護師さんに頼んでチューブを身体から取り除いてもらった。コロナのせいで面会は謝絶。動いていいのか、このまま寝た状態がいいのか、黙っていわば病院のいいなりになるだけだ。「いつ退院できるのか」と聞くと、あと2日ばかりという返事が返ってきた。入院延長すれば現在のような状況から逃れられないので、無理にお願いして自主退院をすることにした。心臓の大ケガだったらしいが、とにかく帰りたい一心で無理矢理退院してしまった。結果はよかったのか悪かったのかわからなかったが、2日後、病院を訪れて、初めて手術をしてもらった先生に会った。「まるで神の手のように上手く手術ができました」という先生の言葉に安心することができた。

僕にとっては大冒険旅行から帰ってきた気分だったが、先生は2週間は絵を描かないようにして下さいと言われた。そして2週間が経った次の日に一日で100号を3

点も描いた。制作の禁断症状が解放された喜びで、一気に沢山描いてしまった。

難聴になったことで「人は人、自分は自分」だと思えるようになった

僕の生活の中から音楽が完全に抹殺されてしまいました。強度の難聴のせいで、音楽に限らず、人の話す声も理解不能です。従ってテレビの音声や映画、演劇、コンサートだけでなく音の文化が生活から完全に排除されてしまったのです。五感のひとつである聴覚を喪失してしまったことは人生における最大の危機感でもあります。音の理解を遮断された生活はハタ目からは全く理解されません。耳は不自由だけれど、口は聴覚とは無関係に機能するからです。

しかし他人との会話が不自由になったために言葉の量も大幅に減りました。最初は補聴器で会話ができましたが、今では補聴器の許容範囲をはるかに超えてしまったので、唯一、ワイヤレスイヤホンによってかろうじて会話の機能は果たしていますが、

これも時間の問題です。唯一の会話手段のワイヤレスイヤホンも最近はかなり聞きとりにくくなってきています。家族やスタッフとの会話は次第に筆談によることが多くなってきました。

まあ、すでに老齢者なので、あとしばらく不自由だと思えば、それほど会話をしなくても生きていけそうです。五感のひとつを喪失すると、他の四感にも影響を与えるらしく、目も鼻も口も触覚も気のせいか朦朧となりつつあるのがわかります。つまり生きる必要が次第になくなっていく兆候が始まったのかも知れませんね。だけど五感の消滅と同時に冴（さ）えてくるのは第六感だと思うのですが、どうでしょうかね。五感が機能している間、控えていた原始的な機能が復活し始めているように思うんですが。

以前、瀬戸内寂聴さんが「難聴になると、絵が変わるわよ」とおっしゃったことがあります。ベートーベンじゃあるまいし、聴覚が芸術に与える影響など、あるはずがないと思っていましたが、最近はなんとなく、そのようなことがあるのかな？　と思うようになってきました。

どういうことかというと、難聴のせいで、聞こえなくったって、多少は不自由をしますが、どうせ大したことはないだろう、聞こえなきゃ聞こえないで、知らんぷりをしていればいいんだ、という変な開き直りが出てきて、物事を曖昧に済ませてしまうことが多くなりました。それは僕の考えにも影響を及ぼし、考え全体に対してもいい加減になってきているように思います。何が正しくて、何がそうでないのかというようなことも、それほど重要ではないように思うのです。理解の範囲がうんと狭められてきたが、それはそれで便利がいい。人になんと思われようと、どうでもいいじゃないかという考えに到達してくるような気がするのです。つまり人に何と思われようが、知ったことではない。別に嫌われたっていい、自分が自分であることの方が、ずっと大事だと思うようになるのです。

そうした考えは、絵にも影響を与え始めます。つまり、他者や世間という社会意識が希薄になってくるのです。三島由紀夫さんが生前、僕に言った言葉で「人は人、自分は自分」という考えが妙に確立されてくるのです。他者意識とか社会意識が希薄になってくるのです。これが他と共存しなければいけない立場の人にとっては困りものですが、僕のように対峙(たいじ)する相手がキャンバスの場合は、かえって、このようなハンディキャップは必要なのかも知れないと思うのです。

つまり世間の通念や常識は必要ないように思います。他人と競争することや、世間の流行や通念など全く不必要になるのです。自分を束縛していたことから解放されて自由な気分になってくるのです。何をやってもいいんだ、芸術なんてちっぽけな枠の中で、不自由さの中で、やっていたことが、おかしく見えてくるのです。芸術家でありながら芸術を否定することの快感が快楽になってくるのです。

最も評価されるはずの社会的な関心や発言などで自己という枠の中で規制していた自分のキャパシティーの狭さに疑問を抱くようになるのです。「人は人、自分は自分」の境地こそ自分のアイデンティティーであることが見えてくるのです。

難聴はある意味で社会的なことからの逸脱のきっかけであったのか？　社会に組み込まれることで人生を全うしてきたが、それが老齢の様々なハンディキャップに出合うことで次第に人生から逃れたくなってくるのです。生きるために、生きようとしたことから、人生の最後には、生きることから、死を生きることに生き方を変える生き方に変わってくるのかも知れません。そのために神が五感のひとつを取り上げて、あとの四感も捨てながら次第に第六感という世界へ向かわせようとする神の計画だと、都合のいい風に思わせて、人間から知を奪い、そして痴を与えるような生き方へと導こうとするのかも知れません。

第五章
猫という不思議な存在

愛猫「おでん」がもしも言葉を話したら

「週刊朝日」の今号（2021年12月31日号）は猫特集なので「猫にちなんだお話を書きませんか」と担編さん（担当編集者）の鮎川さん。「猫ねえ？　日本の歴史始まって以来の空前の猫ブームでしょ？　そんなブームには便乗したくないけれど、『タマ、帰っておいで』と題した猫画集など出している手前、まッ、エエカ！」

おつき合いさせていただきますけどね。

日頃から「猫は僕の生活必需品」なんて猫をモノ扱いしているので、もし猫が言葉を話すなら、「何さ、君こそ私の生活必需品よ」と反論してくると思いますね。そー言われると、〈人間・僕〉は確かに猫のための生活必需品かも知れない。でも〈人間・僕〉がいなければ猫は生活できない。自給自足のできないわが家の猫は、食、住は人間に頼っている。こーいう人間の上から目線で物を言うと猫は、「私の存在抜きでは君は絵の一枚も描けないじゃないの」と反論する。「たった今、私のことを生活必需品と言ったばかりじゃない。君は私を飼っているつもりらしいが、その考え方は人間の傲慢よ。私は君のために飼われてあげているのよ。また食べてあげているのよ、わかりますか、君は私の食欲が失くなった時、絵も描けないほど心配はするし、ちょっと外出から帰りが遅いと、近所中に聞こえる大声を張りあげて、『おでん、おでん』と叫んでいるじゃないの。変な名前をつけられて、あたしはえらい迷惑なのよ。近所の人は、あそこのご主人はまるで小学生みたいに奥さんに『おでん、おでん』と毎日叫んでいる、よっぽどおでんが好物のご主人なのね、なんて笑われているのを、君は知らないでしょ。日頃から、芸術家はインファンテリズムだなんて、子供っぽく振るまうのをまるで芸術の核のように思っているらしいけれど、私だって、もっといい名前をつけてもらいたかったわよ。おでんなんて恥ずかしい名をつけられてェ」と一気にしゃべりまくった。

「私は人間の言葉こそしゃべらないけれど、君が何を考えているかは、全てわかる読心術を身につけているのよ。雨の日などは外で用をたすのは体が濡(ぬ)れるから家の中でやっちゃうので、君はあたしのことをションベンたれとか、ウンコ野良なんて口汚くののしるけれど、結局、私のそそうを処理するのは君の奥さんじゃないの。如何にも私を飼ってやっている。誰がおでんのご飯代を稼いでいるの？　なんて私に面と向かってえらそうに言うけれど、ご飯を作っているのは奥さんで、君は目玉焼きひとつも作れないじゃない。ワーワー言うだけで、実に見苦しいわよ。言っとくけど、アタシは、この家に住んであげているのよ。私を飼っているなんて私を拘束するような言い方だけは止めて頂きたい。何かあると、すぐ死んだタマは天才だったけど、おでんは劣等生だね、と言うけれど、あたしから見ると、君こそ劣等生だわ。ちょっと絵が描けるぐらいで威張るんじゃないわよ。何ひとつ生活力もないくせに。どうせ、このエッセイの挿絵にだって私の絵じゃなく、タマの絵を載せるにきまっているんだから」

そう、担編さんから「絵もお願い」と言われた時、タマの絵を載っけようと思ったことは確かだった。

「私、君の心を全部読んでるんだから、何が『シン・老人』なのよ」

おでんの自己紹介

私おでんは、野良の未婚の両親の間に生まれた3人姉妹のひとりです。野良の母親がこのエッセイを書いているシン・老人の事務所の庭に住んでいた時、事務所の隣の家の庭を棲家（すみか）にしていたやはり野良のオス猫と母の間に生まれた子供が私たち3人だったのです。母親は私たちを事務所の中で出産して、そのまま野良の習性で、屋外を拠点にして室内には入ってきませんでした。

だから私たち3人の姉妹はシン・老人と事務所のスタッフ2人によって育てられました。隣の家の庭に住む父親はある日病死したのでその子供の私たちは父親との対面はなかったのです。母親は時々私たちの様子を庭から眺めに来ましたが、無事に人間どもに育てられていることに安心していました。

ところが私は3人姉妹の中で一番おてんばで、人間どものスキを見て外出するのが趣味だったのですが、ある日道路で交通事故に遭い瀕死（ひんし）の重傷を負いました。スタッフのお姉さんが動物病院へ連れて行ってくれましたが、重篤でしばらく入院しました。もしかしたら助からないかもとも言われました。なんとか一命を取りとめて事務所に帰りましたが、首にラッパのような変な物をつけられているために2人の姉妹からいじめられる結果になってしまいました。

それを不憫（ふびん）に思ったシン・老人が私だけを彼の家に養女として迎え入れました。それ以来、私はシン・老人の家の子となったのです。事務所と比べると、養子に行った家は大き過ぎて、どこに自分のテリトリーを設定するかに、毎日悩み続けました。両親が野良猫だったので私もそのDNAを受けているのか、家の内外を毎日のように彷徨（ほうこう）していました。猫の本能である帰巣本能を働かせれば前の事務所は近いので、すぐ帰ることはできたのですが、道路に出るとまた交通事故に遭うのではと思うと、あんまり道路には出ないようにしていたのですが、やはり帰巣本能が私を前の事務所に呼ぶのです。でもあの2人にいじめられるのが怖いので、シン・老人の家に留（とど）まることにしました。私の本当の本名はオテンバですが、シン・老人、今の私の家の主人ですが、名前を縮小してオテンにして、オテンじゃ意味不明だからといって、おでんに改名したらしいのです。そんな訳で私は食物の名前になってしまいました。

今ではこの名前を、主人がエッセイやSNSに書いてくれるので、私はかなり全国区に名が知れわたっているようです。ざっくりした自己紹介ですが、そんなわけで、ウチの主人のシン・老人が、時々私のことを書くと思います。あんなシン・老人ですが、どうぞおみしりおき宜しくお願い申し上げます。ニャンチャッて。

なぜ人は猫に惹かれるのか

「猫」のことを「ねこ」や「ネコ」と書いたりするのは何でや、知らんけど。僕は「猫」と書く。その理由は特にないけれど絵を描くという「描く」の字が「猫」という字とよく似ているので「猫」の方が親しめるのである。まあ、どうでもいいことだが、画家と猫は僕の中では親密な関係というか、ある親和性を感じるのである。

僕は子供の頃から猫が好きで、今も猫を飼っている。多い時は10匹もいたことがある。では、なぜ猫なのか？　と特に深く考えてみたことはないけれど、どうも猫は僕の自画像のように思えたり、または画家の理想の姿のようにも思えるのである。

どーいうことかというと、猫は犬のようにサービス精神や飼い主におべんちゃらしません。ゴーイング・マイ・ウェイの精神で、嫌なこと、好きなことが物凄くハッキリしている。つまり妥協はいっさい許さない。このような猫の性格は画家の理想の姿でもある。つまり社会性が先天的に欠如している。そんな動物が可愛がられるのは、もし自分もこのように生きられればどんなに自由か知れないという究極の人間の生き方のサンプルなのかも知れない。

画家でも真面目な画家は仮に絵が上手かったりしても、真面目故に面白い絵が描けない。面白い絵というのはどこか不真面目でチャランポランないい加減精神がないと人を惹（ひ）きつけない。つまり遊びの精神が欠如している、真面目だけが取りえな人は画家に向かないというわけだ。遊びというのは無目的でなければならない。何々のためにという目的も大義名分もそんな気持ちはいっさい必要ない。

猫とそっくりである。猫は怠け者であるが遊びが大好きである。与えられた環境の中でいつも遊ぶ。例えばこちらの仕事の邪魔をするので、ゴミ箱につまんで捨てる。そしたら、なんとゴミを相手にゴミ箱の中でひとり暴れまくっている。与えられた環境を肯定して、その環境を利用して遊びまくる。ここには絵の極意がある。つまり絵は無条件に遊ぶことが必要である。

だけど人間と居住空間を共有していると、人間はいつも猫の被害者になってしまっている。今、わが家にいる「おでん」という猫は人間でいえばならず者である。所かまわず、糞尿（ふんにょう）をする。妻はそんな無法者の猫に振り廻されて一日中、家の掃除ばかりしている。わが家の「おでん」はわれわれのストレスの原因である。でもそんなストレスの原因になっている「おでん」を捨てようとは思わない。むしろ不憫に思って可愛がっている。同じ屋根の下に住む同居者の無法行為に人間であるわれわれは振り廻されながら修行させられている。

まあ、ここまで猫のマネをすればいくら画家だって社会から評価されないだろう。でもその無手勝流のならず者的な性質の少なくとも何分の一かは画家の精神に必要な要素である。だから見て見ないふりをして許しているのである。

世間は今、猫ブームである。それとアートブームはどこか一致しないだろうか。アートにはどこか反社会的（暴力団ではない）な行為が不可欠である。世間の常識や普遍性からズレていなければ面白くない。猫が可愛がられているのも、もしかしたら人間とはズレている所に何らかの魅力を感じているのではないだろうか。ズレるということは大事である。猫に限らず、特にアートの世界ではズレていなければ魅力がない。社会とピタッと一致するものはやがて淘汰されてしまう。一歩先を行くためにはズレていることが必要である。

人間でもマイ・ペースな人間は世間からみればズレている。マイ・ペースとは自由を主張する生き方である。猫のマイ・ペースはまさに自由の体現である。だから僕は猫に惹かれるのである。そういう意味で猫ブームは社会的メッセージである。自由を希求する時代のメッセージが猫ブームである。

「猫」「ねこ」「ネコ」と書くのは猫をひとつの文字で語り切れない多面性からきてい

るのかな？　とも思うが、ひとつの物体をまるでキュビズムの絵画みたいに色んな角度から語るのにも何か意味のない意味があるのかなと思うが、よう知らんけど。

それにしても動物の猫がなぜ絵を描くという字とよく似ているのか、誰か解明していただくと猫と描くというこの類似性の謎が解けて、もっと画家と猫の親和性が見えてくるかも知れないという実にくだらないことを僕は考えている。

最後にちょっと気になることを思い出したが猫はどこか魔術的というか魔性の動物である。そんな神秘性はアートの神秘性とも結びつくように思う。猫の魔性についてはどなたか専門家に解説してもらうとして。日本でも化け猫の話があるが、化け犬というのは聞いたことがない。やっぱり猫はどこかで人間を超えた宇宙的存在ではないだろうか。

もしも猫になれるなら、どんな猫になりたいか

「もし猫になって横尾忠則という人に飼われたら、どんな猫になると思いますか」

そうですね、猫のようなわがままではなく、犬のように忠実な猫になってうんと可愛がってもらいますね。自分が猫でありながら猫でない猫になります。猫は我を主張することで逆に人間に可愛がってもらうのですが、もし私が猫になって横尾家で飼われるのなら、自我を殺して、とことん主人のいいなりになります。その方が私の魂の成長にもなりますから。一般的に猫は自我主張が強過ぎます。自らを殺すことで自らを生かすことを他の猫どもは知らないのです。

私もかつては、自我の強い猫でしたが、これじゃ、人間社会のことが学べません。人間と同化することで、猫として成長することを知らなかったのです。どう考えても

人間の方が知的です。まず言葉を持っています。猫は言葉がないので意思表示ができません。私は私の死後、向こうでじっくり考えました。今度生まれ変わる時は人間に、とも考えましたが、猫の最後を仕上げるためには、もう一度猫になりたいと決心しました。そこで、どこの人間の家に転生するかを考えました。ザッと見渡したところ、横尾家に生まれるべきだと考えました。

丁度、横尾家では前にいた猫が死んで、夫婦はペットロスで悲しんでいたので、先ず横尾家に出入りしている野良猫の子供として生まれて、少し歩けるようになった頃に、ミャー、ミャーとうるさく鳴いて、横尾家の裏庭から台所に入っていきました。幸い横尾家の奥さんが、私にエサをくれました。「しめた！」と思った私は台所に日参して、とうとう横尾家の猫になりすますことに成功しました。

かつて前世でも飼い猫だったので少しの言葉は理解していました。横尾家の主人は私を歓迎してくれました。そして私には赤ちゃん言葉で話してくれるので言葉には不自由はしませんでした。横尾家の夫婦は非常に優しく、私を孫のように可愛がってくれました。そんな夫婦を私は私の両親と決めて、両親のいうことは１００％受け入れることにしました。

猫は水がニガ手ですが、主人が風呂に入る時は必ず私を誘いました。そして私を湯船に入れて泳がすのを楽しみにしました。最初、私はおぼれて死にそうになりましたが、横尾家で住む以上は、湯船の中で必死に泳ぐ練習をして、今では水泳が唯一の愉しみになりました。

主人が行く所、どこへでもついて行きました。便所で用が済むまで、マットの上で座って待っていました。主人が出掛ける時は庭のアプローチまで追い掛け、門の前までお見送りして、主人の姿が消えるまで見送っていました。

主人が寝る時はいつも一緒に枕を並べて眠ります。以前いた「おでん」という猫は所かまわず放尿をして奥さんにいつも怒られていましたが、私はそんな行儀の悪いことはしません。排便時には主人と同じように便器に腰を掛けて用をたし、終わったら、水洗便所のレバーに飛びついて水を流します。食事はキャットフードではなく、主人が与えてくれる食事をいただきます。猫は肉や魚が好きですが、私は人間の食べる食事には好き嫌いはなく何でもいただきます。主人はぜんざいが好きです。猫はこんな甘い食物は食べませんが、私は全て主人に服従していますので、ありがたくいただきます。お餅が歯にくっついて、いつもお雑煮やぜんざいには大苦労しますが、これが主人の好物だと思えば文句などいっさい言いません。

主人はひどい難聴で、私の話す声は聴こえませんので、顔を百面相にして意思を伝えます。主人が難聴になってからはテレパシー能力がつきましたので、今ではお互いにテレパシーで会話をしています。主人は毎日早朝から出掛けます。最初はどこへ行くのかわかりませんでしたが、主人は画家で毎日アトリエで絵を描いているということをテレパシーで伝えてくれました。主人がテレパシーが使えるようになってからは、私が人間になるより先に、主人の方が猫になってくれましたので、今では意思の疎通は100%です。

奥さんはテレパシー能力は少しありますが主人の方がはるかに猫化していますので、最近は、観念的な話も少しずつできるようになって、主人からの現代美術の話なども少しずつ理解できるようになりましたが、猫は感覚と直感と霊力で生きているので、現代美術のコンセプチュアルアートは大変つまらないように思えます。私達猫は、そんな小難しいコンセプチュアルなんて生きるために害にこそなりますが、霊性を高めるためにはむしろ邪魔っけです。私が人間になるより先に、主人の方が猫に早くなってしまったように思います。まあ、今日はこのへんで。

猫は役に立たない存在だから、愛される

「猫は鳴きますか？」

変な質問ですね。これでエッセイを一本書く自信はないですが、こちらからお題をお願いしたんですから、変な質問でも文句は言えません。

確かに猫は犬みたいに吠えたりはしないので、その存在は静かなものです。猫は、例えばエサを要求したり、何か窮地に陥った時とか、肉体的苦痛のある時には鳴きま

すが、別に用のない時は静かに眠っていることが多いですね。

わが家の「おでん」は顔を見合わせた時に、時々声なき声で、口を小さく開くことはありますが、まあちょっとした挨拶なんですかね。それも面倒臭そうに口を小さく開くだけです。だから猫は相対的に無口で、余計なことはしゃべりません。おしゃべり好きな人間は猫から見ると、ウザイやつだなあと思っているんじゃないでしょうかね。人間は用もなく、おしゃべりのためのおしゃべりをしますが、猫はその点、省エネ的で、人間みたいにしゃべり過ぎて疲れたというようなことはないいんじゃないでしょうか。猫からすれば、食べるための口ではなく、人間はしゃべるために口があるんだと思っているはずで、実にうるさい存在だと思っているはずです。

猫の口は生きるために不可欠ですが、人間みたいに生きるため以外にも口を動かす動物を見て、どことなくそんな人間を軽蔑しているように思います。しゃべるエネルギーは相当疲れます。人間以外にこんなにペチャクチャしゃべる動物は他にいないと思います。

人間でも、そんなにしゃべらない人も沢山（たくさん）います。しゃべらないと、何を考えているかわからないけれど、むしろ寡黙な人の方が、物事を深く考えているように思います。よくしゃべる人間の方が軽薄に見えることがあります。僕が禅寺に参禅していた頃は、余計な会話は禁じられていました。しゃべらないことで意識を内面化させる修行だったように思います。坐禅中は言葉を禁じられているので、つい睡魔に襲われることがありますが、ウトウトしていると、雲水がそろっと近づいて警策で肩をビシッと叩（たた）かれます。口をきかないことと眠りは別のものです。その点、猫は一日中眠っています。余計なことを考えないためですかね。

　言葉を与えられている動物は人間だけです。言葉を与えることによって、賢くも悪くもなるようになっているように思います。そこが動物とは違います。動物は言葉がないために、賢くも悪くもなりません。犯罪もしないけれど悟りもしません。縁側で一日中、丸くなっている猫は、人間に対して、その存在で何かを批評しているように思います。「人間も私たちのように、特別、役に立つようなことをしなくても、こうしてジッとしていれば特別の悩みも苦しみも悲しみもない、口が災いを犯して、面倒臭い人生を送ることもないのに」とその姿を借りて、われわれにメッセージを送っているような気がしないでもないです。それもこれも、人間が口から言葉を発し続けるせいで、本来は悩みも苦しみもないはずの人生が「こうなってしまった」のです。

猫は鳴かないために、黙って静かな人生を送っています。でも飼い猫になって人間と同居することになった猫は野良猫に比べれば、ニャーニャー鳴きます。何かを要求しているんだと思います。人間社会に片足を突っ込んでしまった飼い猫は、一歩人間に近づいたんです。それはいいことか悪いことかは猫に聞いてみないとわかりません。

猫は犬のように人の顔を見て行動はしません。人のことなど無視して、自分勝手、わがままです。もし人間がこのまま猫になってしまうと、社会生活ができません。人間はなんだかんだ言っても妥協しながら生きています。その点、猫は決して妥協を許しません。生まれながらの芸術家です。芸術というのは無用の長物で役に立ちません。役に立ったら、その瞬間から芸術は芸術でなくなります。

人間は役に立つ存在ですが、猫はその点役に立たない存在です。そんな役に立たない存在の猫が人に愛されるのも、人間はどこかで役に立たない存在でありたいと思っているからではないでしょうか。役に立つということは多くの社会的条件に縛られていることです。役に立たないということは自由であるということです。猫はそーいう意味で役に立ちません。人間に代わって働いたり稼いだりしてくれません。ただ黙って役に立たない存在であろうとするだけです。

そんな猫に人間はもしかしたら人間の本来の自由意思を見ているのかも知れません。鮎川さんが「猫は鳴きますか？」なんて変なお題を与えて下さったせいで、しゃべらなくてもいいことをしゃべってしまいました。言葉は人間の自由を呪縛します。誰ですか言葉は「自由」だと言った人は？

第六章

芸術とはなにか

アンコは生命力であり、芸術

何かテーマは？　と聞くと担編さんこと鮎川さんは「アンコ」とおっしゃる。大の大人がアンコなんていいますか。やっぱり子供性が抜け切れないんですかね。そういう僕もアンコは大好きです。アトリエにはアンコのお土産が日常化しています。いくらアンコが好きだと言っても、恐ろしいのは糖尿病です。でも僕のアンコ好きは伝説化しているらしく、アンコ攻めはあとを絶ちません。

一時、アトリエの玄関のドアに「アンコお断り！」と深沢七郎さんの玄関の貼り紙を真似て、したところ、「すみません、アンコを持ってきちゃいました」と。生まれながらにアンコの好きな僕はアンコの顔を見てしまえば、ＮＯとは言えない。「いいえ、いえ、あんな貼り紙はナントカ、カントカですから気にしないで下さい」と言いながら半ば喉から手が出ています。

以前、「横尾さんに展覧会をお願いするならアンコを持って行けばイチコロですよ」という噂が広がって、一度に30個のボタ餅を持って来られた方がいました。展覧会のオープニングパーティにはアンコが山ほど積まれるのが定番になってしまった。

アンコ好きは横尾家の遺伝というか伝統になってしまっていて、父が危篤になって郷里の田舎に大阪などの遠方から親戚が集まった時、口も利けなかった父が突然「アモが食べたい」と言いだした。「アモ」とは方言で、ボタ餅のことではないのかな。脈を取っていた医者が、「あきまへん、喉につまってこのままおだぶつでっせ」。親戚中が寄って、父の枕元で、「この世の別れや、食べさせてやりいな」と言われて僕は泣き泣き自転車でボタ餅を6個買ってきた。死にかけていた父は、6個ペロリとたいらげてしまった。危篤の人間がボタ餅6個ですよ。父は普段から6個ぐらい平気で、アンコが大好きで、お茶漬けに大サジ一杯の砂糖を入れて、さらにアンコを混ぜて、ぜんざいみたいにして食べるのが好物。酒が飲めない父はもっぱらアンコが酒がわり、そのことを知っている親戚の人達は「しゃーない、食べさせへんかった、と怨んで化けて来られたらかなわんわ」と一同、ボタ餅が喉につまって死ぬ瞬間を医者と共に今や遅しと見届けることになった。

まるで仮病だったんじゃないかと疑われても仕方ないが、ボタ餅が結局生命力になったのである。遠方から臨終や、という電報を受けて飛んで来た人達は「おっさんに騙されたわ」とブツブツいいながら帰って行った。当時の父は60歳位だったと思うが、それから10年たらず生きて脳梗塞で死にました。


以前、瀬戸内さんとの往復書簡で書いたような気がするけど、僕がまだデザイナー時代、版画家の池田満寿夫と箱根の旅館で対談をすることになった時の話ですが、初対面の池田さんと芸術論を交わすことになったが、なぜかアンコの話になってしまった。二人共アンコが大好きで、「やっぱし芸術はアンコだね」とわけのわからぬことを言ってお互いに共感し合った。「ところで池田さんは、おはぎは？」と聞くと「大好きだよ、特にコシアンがね」と言う。「ウン？　コシアン？　僕はツブアンだね」と言うと池田さんは、「俺はコシアン」と固執する。

「ツブアンは口の中ではあずきだけど、喉を通って胃に入るとコシアンで、一度に二度違った味が体感できるじゃないか」と僕が言うと池田さんは、「だから君はデザイナーなんだ、俺はコシアンだから版画家なんだ」とまるでデザイナーより版画家の方が偉いみたいなことを言いだした。ムカツキましたねえ、僕は。「池田さんは変化を認めないんだ。コシアンは食べる前も食べたあともコシアンで変化がない。僕は変化という多様性を認める」と、ここで二人の芸術論が展開することになったが、ここから先は険悪な空気になってしまった。困惑したのは編集者。

「まあ、まあ、風呂に入ってお互いに機嫌を直して下さいよ」と無理矢理3人で大浴場に入ることになった。風呂場に行くまでお互いに口も利きたくない。だけど素っ裸になって湯船に入ると、どうも喧嘩がしにくい。芸術論で対立するのではなくアンコ論争での対立はどうも風呂場まで持ってくるわけにはいかない。編集者は実に頭のいい人で、二人を風呂に入れてしまえばアンコ論争に終止符が打たれるということを知っていたようだ。

その後、僕はデザイナーから画家に転向するが、池田さんも陶芸を始め出した。そして、間もなく彼も「画家で終わらなきゃ、芸術家になれない」と言いだし、二人が同じ境地に立ち、やっと画家の友人ができたかと思っていた矢先、彼は急逝してしまった。彼の絵画作品は数点しか残っていないが、あっちに逝ってしまった彼は、こちらでは画家になりそこねたが、負けん気の強い彼だ、僕があっちで彼に会った時は、「こっちは肉体はない。だからコシアンもツブアンも、意味ないよ」と言いそうだね。

日本美術で憧れる画家は「お宝鑑定団」の登場が多い江戸の画家

日本人で好きな画家は？　ですか？　結構いますよ。森羅万象をモチーフにした北斎の何でもありは、何でもなしを主張した日本の近代美術以後の固定化した主題と様式を完全に無視した、それこそアカシックレコードを開いたような北斎の創造は神の代理者でしょうか。まあ北斎は横に置いておいて、北斎の代理みたいで、この人も北斎以上に、森羅万象をハチャメチャにしたような人で、その作風は狩野派、土佐派、円山四条派、中国画、洋画、それらもまた折衷したり、模写したり、ダダのピカビアも真青になる谷文晁(ぶんちょう)って人ですが、テレビの「お宝鑑定団」の登場回数は実に多く、その大半が「ニセモノ」で鑑定依頼者はガクッと来る、そんな江戸の画家です。

とにかくひとりで日本の絵画史を横断した人です。だから谷文晁の代表作は？　といわれても、その主題、様式の多様性のために逆にオリジナリティが希薄に見えちゃって、損をしているので、それほどポピュラーではないですが、僕が谷文晁に興味を持つのは、日本美術史をひとりで駆け抜けたその万華鏡的な何でもありの精神なんです。作品というよりその創作態度に憧れるわけです。この人はかなり僕に似ていて、気が多くて、すぐ飽きるタイプの画家だと思いますね。

ところが最近の僕は、日本の水墨画の画家に興味があります。名を挙げてみますね。思いついた順から、等伯、蕭白、蕪村、雪村、雪舟、白隠（はくいん）、仙厓（せんがい）、大雅、玉堂、宗達、光琳、探幽、守景（もりかげ）、友松、竹田（ちくでん）、若冲、まあそんなとこですかね。中国から輸入された日本の水墨画のオールスター・キャストってとこですが、先（ま）ず最初に僕が惹（ひ）かれたのは気持ちの悪さにかけてはNo.1の蕭白ですが、そのメディアが騒ぎ過ぎて知らない人まで、訳もなく「面白い」と言い出す。こういう大衆迎合主義は日本文化の特徴ですね。誰かと同じ考えでいることが安心なんですかね。

僕がデザイナーだった頃は浮世絵の影響を受けていましたが、画家に転向して以後は日本美術の影響は余り見られません。強いていえば、小林清親(きよちか)の夜景版画は、これは僕のライフワークにもなっている「Y字路」シリーズが、先ず夜景から入ったものですから、小林清親との親和性はありますね。その版画的な手法というより、日本のあのジメッとした夜景の空気感を、逆に乾いた表現で描いているところが西洋的なんです。小林清親の夜景には人物のシルエットが沢山(たくさん)描かれますが、僕の「Y字路」の夜景は無人の街です。

小林清親は人を沢山登場させて、ザワザワした文明開化の時代の空気感を描きます。僕は人を登場させないで、人の存在を想像させる夜景を描きたいと思ったのです。子供の頃、夜、映画館から出た時は、人が沢山いたけれど、それが家に近づくに従って人気(ひとけ)が全くなくなって、自分の歩く下駄の音だけが自分を追ってくるような気がしました。そんな淋(さび)しい郷里の町の光景を描こうとしたのです。「Y字路」のモチーフを発見したのは、正に郷里に帰った時の夜に遭遇した、小学校へ行く途中にあるY字路がモデルになって、その後のシリーズに発展していったのです。

日本の近代絵画の中で、ひとつ挙げるとしたら、長谷川利行のあの自由奔放な、半ばヤケクソで描いたような、ヘタウマというか、ウマヘタな、どの絵も未完のまま放置したような無責任さと、原始的というか野性的な、その精神に憧れますが、酒を呷って描いたような筆が酔っぱらったドーピングアートですね。素面であの絵は中々描けそうにないですが、僕は酒が全く飲めないので、意識というコップ一杯の水でどう酔っぱらうかですね。理性と感情を上手くコントロールさせながら、この正反対の情念をどう表現するか？　が問題。すると岡本太郎みたいな絵になっちゃいますかね。岡本さんの場合、手は肉体にまかせていますが、脳は理性的で、文明人が野蛮人を演じているような、演じていないような、見る者もこの二つを分けて見ている自分に気づいて、時々、あゝわからんとなります。絵はともかくとして岡本さんという人間は面白いです。絵によく似た人です。冷めた部分と熱した部分と明晰とオトボケの部分がゴッタ煮で、太郎さんの秘書、ミューズ神の平野敏子さんがあやつり人形師に見えました。この敏子さんがまた、太郎さんに輪をかけて、面白い人で、敏子さんの作品が岡本太郎なのか、太郎さんの作品が敏子さんなのか、その境界線は塗りつぶされているのでよくわかりません。お二人共、すでにいらっしゃらないので、何とでもいえますが、日本の美術界も岡本太郎の扱いには困っているんじゃないでしょうか。日本美術の序列に入りにくい岡本太郎は、存在が作品を超えて、作品を認めるか、岡本太郎という存在を評価するか、どっちゃ、とまあそんな画家はどこにもいませんがね。日本美術に興味があっても日本回帰はヤですね。

イラストレーターと画家という全く真逆の人生を歩んできた

「イラストレーターと画家の違いは何でしょうか?」というお題をいただきました。

これは簡単です。僕はこの両方の職業の経験があります。最初はイラストレーターとしてスタートしましたが、その途上で画家に転向した者ですから、自分のことを書けばいいわけです。

僕はイラストレーターという認識のないままイラストレーターになったような気が

します。1956年頃（20歳）です。当時はまだイラストレーションという言葉はグラフィックデザイン業界でしか聞かない言葉で、新聞広告などのカットの別名だったように思います。従ってまだイラストレーターという職種は存在していませんでした。

まあ、強いていえば挿絵画家のことですが、でも挿絵とイラストレーションは何となく分離して考えられていました。1960年に僕は上京して、日本デザインセンターというデザイン会社に入り、この頃同僚の宇野亜喜良と別のデザイン会社に勤めていた和田誠とは特に親しくなるのですが、僕も含めて3人共、グラフィックデザイナーです。その作風がイラストレイティブなところから、デザイン、広告業界からは3人共イラストレーターと呼ばれるようになりましたが、3人共、そう呼ばれるのにかなり抵抗があり、われわれはあくまでもグラフィックデザイナーと主張していました。全身全霊イラストレーターではなく、われわれは一卵性双生児で、自らの中のもうひとりの存在をイラストレーターと、仕方なく呼んで、対外的には二刀流を演じたのです。

従来の挿絵画家は、かつて画家志望者が大半だったように、イラストレーターの源流はグラフィックデザイナーなのです。現在のイラストレーターは最初からイラストレーター志望者ですが、60年代初頭のイラストレーターは、イラストレーション草創期に誕生した者で、3年前に亡くなった和田誠はあれだけイラストレーターで名が通ったにもかかわらず、彼は最後までデザイナーと主張しました。それは宇野亜喜良も僕も同じです。それはデザインよりイラストレーションを下位に見ているのではなく、イラストレーションの表現がすでにデザイン理念に裏付けられているという考えから、従来の挿絵画家とは区別するべきだと、考えた結果です。

しかし、僕は1980年にグラフィックデザイナー、イラストレーターという二刀流から、画家という一本刀に転向しました。何の予想も想像も計画性もなく突然、僕の内部に起こった理不尽な衝動によって運命転換が図られたとしかいいようのない出来事でした。このことはまたいつか書くとして、とりあえず、画家に鞍替(くらが)えしてしまったのです。デザイナー、イラストレーター時代とは生活も環境も人間関係も、経済も思想も作品も何もかもが、大逆転してしまったのです。

それをどう説明していいのかわかりません。冒頭に説明は簡単だ、と書きましたが、画家とは何者か、というところから掘り起こす必要があるので、誰かの書いた画家論か芸術論を読んでいただくとして、ここでは思いつくことをひとつ、ふたつ記すことにします。デザイナー、イラストレーター時代はいつも仲間との交流がありましたが、画家になってからは同業者との交流は全くありません。画廊や美術館の学芸員に会う程度で、人に会う機会がうんと減って、終日、アトリエで大きいキャンバスに向って、自問自答の連続です。そして何を描くべきか、いや、そうではなく、如何に描くべきか、それも違う、如何に生きるべきか、生とは、死とは、過去、現在、未来、存在と時間、その反復の意味は、いや意味など不必要だ、意味も目的も、結果も、大義名分も、必要ない、必要なのはたった今、Be here now、この瞬間を遊びに変える。そう、遊ぶために生まれて来たのです。

自分を徹底的に、どこかに追い込んで、もうわからん、もうあかんわ、シャーナイ、やめとき、ほっとき、こんな雑念が去来して、気がついたら頭の中からは言葉も観念も追放された。空っぽや。無や、空や。空っぽの頭から切り離した肉体とアストラル体とエーテル体だけが、フワフワ大気圏外を浮遊している。そして死から生を覗(のぞ)く。実相から見るこの現世の虚構のデタラメ、フィクション、いい加減さ、何が芸術や、アホラシ！　これが画家です。

ハッと気がつくと、絵が完成している！　未完のまま完成している。そして「こんなもんが出来ましたんやけど」というのが画家の作品です。

子どもの頃から頭を空っぽにできるという特技があった

子供の時の夏の想い出ですか？

日々、記憶が薄れていく中で、断片的に浮かぶ映像を拾い上げると、小学1年の夏、近所の一つ年上のユーチャンが川で鯉を獲ったのを見に行く途中、小川で滑って大ケガをした時、大声で泣いたら、聞こえるはずもないわが家から母が驚いて、飛んできて、小川の水で足のひざから噴き出す血を洗って、傷口を嘗(な)めてくれました。田舎だから医者に診せるという習慣もなく、家にあった信貴(しぎ)山の神様の「お油(あぶら)」というのをつけて治してくれましたが、今も大きい傷が残っているほどの大ケガでした。そのため長期で学校を休んだので、勉強が遅くれたために菊組の優しい先生から梅組の厳しい先生のクラスに編入させられました。

僕は六月終りの夏の季節に生まれたせいか、寒い冬より、暑い夏の方が好きです。でも今のように冷房も扇風機もなく、ランニングシャツ一枚になってウチワで扇ぎながら井戸で冷やした水瓜を父と一緒に食べた光景が今も目に浮かびます。そんな夏の日、父と畳の上で昼寝をしている時、枕元でザワザワ音がするので目を醒ますと、枕元に猫が獲ってきた蛇がニョロニョロしているのを見て、思わず悲鳴をあげたことを想い出します。

蛇といえば田舎の夏の風物で、自転車で道を横切る蛇を轢いた時の、蛇が車輪にからまって、蛇と自転車がひとつになって回転する恐しさは、今想い出しても身震いがします。蛇はどこの家にもいましたが、ある日、近所のガキ大将らと青大将を退治して、悪ガキ中の悪ガキが蛇の口に棒を差し込んで、蛇の身体をぐるりと裏返しにするという信じられない恐しい芸当を見せてくれました。そんな青大将をブッ切りにして、まだ動いている蛇の心臓を抜き取って見せ物にして、大喜びしたものです。その挙句、蛇を焼いて、皆んなで食べましたが、ニシンの味をもっと強烈にした味で、口が痺(しび)れてしまったのを想い出しますが、昔の子供のすることは残酷です。

夏休みになると終日、小川に出て、コブナを獲り続けました。コブナだけではなく、雨で小川が増水すると、うなぎやなまずや、時には鯉を獲ることもありました。小川の支流に小さい人工的な滝を作って、その滝を昇ってくる鯉を4匹も獲ったことがあります。その日は大雨で、小さい滝を昇ってくる鯉が、ドロドロのミルクティのような泥水の中に、見えないはずの鯉が、底の方で、泳いでいるのが透視されたのです。この経験はその後、今日まで続く、超常現象の最初の経験でした。その後、他人には見えない死んだ人の姿が幽霊として見えるようになりました。

ある日、小川で大きい亀を獲って家に持って帰り、2～3日後に亀の腹に小刀で僕の名前を彫りつけて、元の小川に放してやりました。ところが、それから4年後、町の端を流れる大きい川へ父と魚釣りに行った時、岸辺で、一匹の大きい亀を見つけて拾い上げて、裏を返すと、それは4年前に彫った僕の名前入りの亀だったのです。小さな小川から本流の大きい川までは何キロもありますが、まるで挨拶に来たような気がしました。その亀は何度か絵にも描いていますが、亀は長命なので、きっと、今でもどこかの川底で老後を静かに暮らしているような気がしています。

僕はひとりっ子だから、友達と遊ぶよりも、家の中で、絵を描いていることが多かったのです。息をするように毎日絵を描いていました。老養父母に育てられたせいか、口ベタで、人と話すのが、ニガ手でした。母は近くの親戚の家に汽車に乗って、よく連れて行ってくれました。親戚先には4～5歳年上のセイコさんというお姉さんがいて、小川にサワガニを獲りに連れて行ってくれるのが嬉しかったけれどいつも最後はケンカになって、棒を持って泣きながら彼女を追っかけていた光景が昨日のように想い出されます。

昭和16年に太平洋戦争が始まるのですが、まだ平和な空気が流れている頃、夏になると大阪の実父母のところによく連れて行かれました。まだ実父母だとは知らないまま、親戚の家とばかり思っていました。その家は、道一本はさんで、両側に長屋が並んでいたように記憶しています。郷里の田舎にはガスなど通っていませんが、大阪のその家にはガスの匂いがして、近代的な都会生活に憧れたものです。

子供の頃の夏の想い出はなぜかヴニュエルの映画のシュルレアリスムな情景ばかりです。ひとりっ子は孤独な生活には慣れているので、寂しいと思ったことはほとんどなく、不思議に何かに守られているという感覚が常にありました。子供の頃は無心になって、模写に熱中していましたが、あの感覚は今も同じで、何かに没頭して、すぐ三昧になれる性格は、いつも頭を空っぽにする特技によるものかも知れません。今でも、野山や川に生き物を追っかけていたあの日、あの頃の感覚に戻れるのは、きっと過去の時間が僕の心の奥底から奥底へ流れる魂の点滴のせいだと思っています。

池江瑠花子の「自由形でバタフライ」に芸術性を感じた

この間水泳の池江璃花子選手が自由形の競泳予選で、何んとバタフライで泳いで、他のクロールの選手達を抑えて1位でゴールした。何んとも不思議な光景だった。クロールで泳ぐ選手達の中でひとりバタフライで泳いでいる。こんな競技は一度も見たことがなかったので、僕は虚をつかれて、アレアレと思いながら、「ルール違反で反則になるんじゃないか」と思ったが、クレームをつける人はいなかった。

クロールは一番スピードが出せることになっていて、泳法を問わない自由形はクロールで泳ぐのが当り前なのに、池江選手はあえてバタフライで泳いだのである。バタフライでも世界で通用するくらい速く泳げる池江選手ならではの二刀流である。

それにしても自由形でバタフライを採用した池江選手のサプライズはエンターテイメント的でもあって、大いに驚かせ、歓(よろこ)ばせてくれた。この瞬間、僕は彼女の中にアーティスト魂を見た。新しいアートはある意味で社会的革命である。アートは何でもない普段われわれが目にしていて気づかなかったことに、新しい視点を与えて、本来の価値観を転倒させてしまう力がある。

池江選手がやったことはまさにそのことで、われわれに新しい視点を与えたというわけだ。当り前のことに気がつかない、何の疑問も抱かないでボンヤリ眺めているところに、シュルレアリスムのデペイズマンという手法を持ち込んだのである。デペイズマンとは本来あるべきものを、別のところに位置転換することで、誰も気づかなかった価値や美を発見させられるのである。だから池江選手はクロールの中にバタフライを持ち込むことで、本来の価値を転倒させてしまったというわけだ。

この池江選手の驚くべき、シュルレアリスムの行為に僕は芸術性を発見して、僕自身が目からウロコ的感動を覚えて、ぜひ僕も真似てみようと思ったのである。ところが、実は僕はすでに池江選手がやったことと同じことを池江選手より先に、「やっていた」のである。その話をしよう。

こういうことです。1969年に僕はパリ青年ビエンナーレに、当時のコミッショナーの美術評論家の東野芳明さんから、フランスの現代美術展の版画部門に作品の出品を要請されたのです。ところが当時、僕はグラフィックデザイナーだったので現代美術の版画など手掛けたことがなかった。どんな作品を出せばいいのかさっぱりわからなかったのである。にもかかわらず東野さんは「ここしばらく日本の現代美術は世界から見放されているので、ここいらで、何んとか賞を獲りたいんだよ」というキッイ注目つきで現代美術の版画などド素人の僕を推薦したのです。

その責任は東野さんにはあったが、僕にはないと判断した僕は、現代美術であろうと版画であろうと、自分に出来るものはデザインしかない。東野さんが僕のデザインに目をつけたんだから僕はデザインを描こうと思って、「責場」と題した印刷のプロセスを主調とした作品を作ることにして、それを出品した。「美術も版画も知らん、わしはデザイナーだ。これしか出来ん」と言って出品した。ところが、この作品が版画部門のグランプリを獲得して、東野さんを大いに喜ばせる結果になった。

ここで僕のやってきたことは、池江選手のやったクロールで泳ぐ他の選手の中でひとりバタフライをやって結果を出した、そのことと全く同じことをやったわけだ。出品されている沢山の版画の中で、僕の作品だけがデザイン作品である。つまり毛色の違う作品なだけにかえって目立つ。その結果、グランプリが与えられたのであるが、まさに僕は二刀流の池江選手だったわけだ。

ここで話は僕が画家に転向した1980年に下る。この時、先の東野さんが再び僕に言った。「君が画家に転向するのは勝手だけれど、どうして君は油絵をデザイン的に描かないのか」と。「パリ青年ビエンナーレの美術展にデザインを描いて評価されたんだろう。だったら今回の絵画に油絵のようなものを描かないで今までやってきたデザインをそのまま絵画だと言って発表すればいいんじゃないか」と再び、以前と同じことを言った。「画家になったからといって何も絵画的な油絵など描く必要はなかったのだ。かつてのデザインを油絵で描けばいいんじゃないのか?」

そうか、自由形だからといってクロールで泳ぐことはない。バタフライでいいんだ。版画展にデザイン作品を出品して評価されたことをすっかり忘れて、再び絵画展に絵画を出品した。これじゃその他大勢の作品の中にまぎれ込んでしまう。池江選手のバタフライで僕は再び目覚めたのだった。

寺山修司の芸術の原点は、他者への強烈な関心

寺山修司のことを書こう。評者などが語る寺山の話に、しばしば僕は脇役的に登場することがある。まあ天井桟敷のポスターを担当していたから、まあ脇役でもあったわけだ。

彼と初めて会ったのは有楽町の文化人のタマリ場になっていた喫茶店で写真家の細江英公さんと一緒だった。寺山は石原裕次郎を意識したような仕草をして辺りの客にも目くばりをするややスター意識のような存在を自覚していて、背が高いのに上目づかいで下からジロリと人を射ぬくような眼差しを投げてきた。別れる時、「俺、ちょっと後楽園に行く」と言う。「何しに?」。「ボクシングを観に」。「ヘェー」。「ボクシングは血と涙のブルースだよ」とキザな投げセリフを言ったかと思うと、サッと手を上げてタクシーに乗って人混みの繁華街に消えていった。

僕の生活範囲にいる人間と違うな、と思った。こんな自意識の強い寺山とは最初で最後だと思ってタクシーを見送った。それがいつの間にか早朝一番に掛かる電話がきまって寺山という、何年もの蜜月（みつげつ）の日々が続いた。電話の内容はアンディ・ウォーホルのように一日の出来事を日記のように語った。そんなある日、こちらから電話をすると「ご用件をどうぞ3分以内で」と録音の声が話す。まだ世の中に留守電が普及する前の話だ。これは面白いとばかり、僕は電話で歌謡曲を歌った。3分で切れると、また掛け直して続きを歌った。

その夜、九條映子さんから「横尾ちゃんでしょ、内の電話を歌で埋めつくしたのは、営業妨害よ、来て聴いてみなさいよ」。夜タクシーを飛ばして寺山家に行った。ドアを細く開いて寺山が顔を覗かせて、「横尾ちゃん、まずいよ、女房がカリカリしているんだよ」。「だって、来て聴いてみなさいと九條さんが言ったよ」。「腹を立てて言ったんだよ」。でもまあ、というわけで、録音された自分の歌を二人で何曲も何曲も聴いた。

それから何年か後に寺山は「あれ、録音にとっといてレコードにすればよかったね」と残念そうに笑った。天井桟敷を旗揚げすることになったが、何作目かに演出助手の東由多加とケンカして天井桟敷とも決別してしまった。僕がデザインした「毛皮のマリー」の舞台美術のサイズが大き過ぎて舞台に入らないという。その責任は舞台監督にあるのに東は僕を責めた。とんでもないとばっちりだ。相手がもし寺山なら工夫をしてなんとか実現できたと思うが、当時、生意気だった東を許せなかった僕は、その場で降りた。

この事件の顚末(てんまつ)は主役の美輪明宏さんが度々メディアで発言しているのでそれを読むと面白い。美輪さんは僕が怒ってトラックで舞台美術を積んで持って帰ってしまったので、舞台は空っぽ。仕方ないので、自分の家から家財道具一式を持ってきて、それで舞台を作った——と。僕は見てないので本当かウソかはわからない。だけどこの舞台美術放棄事件を機に美輪さんと親しくなった。

「あんな若いのに、自分の作品にノコギリを入れようとする人間は許さない、と自分の意志をつらぬき通したヨコオちゃんは大した芸術家よ」と一番の被害者の美輪さんが僕を擁護してくれた。まあこんな事件が起こったのもあの60年代の熱い時代の熱い人間の集団だったからで、今だったら、全員が妥協して、まあ、まあで事は過ごされたことでしょうね。

寺山修司が家でエッセイを書いているのを見たことがある。一本書く間に何度も立ち上って本棚から次々と本を引っ張り出して、パラパラとページを繰って、本文から、文章を引用する。どの本のどこに何が書かれているかを記憶していて、引用した文と自筆の文を上手くコラージュして創作していくその手際のよさにはまるで魔術か錬金術を見ているようで、この方法論はイタダキと思ったものだ。

また、わが家にくると本棚の本を片端から家宅捜索をするように一冊ずつ、「あッ、これ俺も持っている、これは知らない」と言いながらチェックしていく。自分に対する興味しかない僕に比べると彼は他人への関心がウォーホル並みだった。こうした彼の他者への関心が、他人の家の台所から家の中を覗いたことから、家人に警察に通報されて逮捕されたこともあった。彼の演劇の原点はどうやら他者への関心から創造されたもので、彼は現実をフィクションにしてしまう天才だった。生きている母親まで殺したりしてしまうんだから。

1969年、寺山は僕がニューヨークに旅行中に、友人を集めて、妻も喪服姿で参列させられて、知らない間に僕のお葬式を青山の知らない家の墓の前で演出してしまった。

彼に会った時、自分の寿命は15年しかないと人生の時間を限定していたけれど、予告通りに逝ってしまった。どうせ短い人生だ。短命な寿命を全うするためには好きなことをして遊べばいい。そこに彼の芸術行為の原点があったように思いますね。

一柳慧との狂熱のニューヨーク時代、ウォーホルとの出会い

10月7日、前衛音楽家の一柳慧さんが食べ物を喉に詰まらせて亡くなった。一柳さんとは特別の想い出がある。彼を最初に知ったのは確か草月会館でジョン・ケージの

不確定性音楽を演奏するステージでだった。ピアノの前に座るなり腕時計をはずして、楽譜台に置く。その後、延々沈黙。何分かの沈黙のあと、演奏者の一柳さんは立ち上がってピアノから離れた。沈黙そのものが音楽だった。その間、ピアノを叩く音は一度もなかった。観客の聴いた音は、人の咳ばらいや座席のきしむ音、会場の外を走る車のかすかな音。この何もない無為の音楽に惹かれた僕は、その後一柳さんにアニメーション作品、高橋睦郎作「堅々嶽夫婦庭訓（かちかちやまめうとのすじみち）」の作曲をお願いした。

1967年、初めてニューヨークに行った。同時期に一柳さんはニューヨークに滞在していた。知人のいなかった僕は一柳さんと毎日のように会って、ハワード・ジョンソンの安物のステーキを毎日食った。そんな2人にあっけにとられた武満徹さんは「あんな草履みたいな1ドル29セントだかのまずいステーキなどよく食ったね」と言われたが、僕はこのステーキこそタイムズスクエアーを象徴していると興奮したものだ。この頃、ニューヨークはヒッピーカルチャーのサイケデリックムーブメントで、イーストビレッジのロックの殿堂エレクトリックサーカスではアンディ・ウォーホルのプロデュースのベルベット・アンダーグラウンドがライブコンサートをやっていた。

一柳さんは現代音楽家だけにアメリカの現代美術の作家や現代音楽家との交流があった。僕はまだグラフィックデザイナーだった。アメリカは現代美術と商業美術の間には一線が引かれており、両者は無縁の関係だったが、この時代はポップアート全盛で現代美術が商業美術を完全に凌駕（りょうが）していた。僕はすでにアメリカのトップデザイナーとは交遊していたが、彼等の誰一人として現代美術の作家と交流している者はいなかった。元デザイナーだったアンディ・ウォーホルもデザイナーを無視しているように思えた。ところが一柳さんにジャスパー・ジョーンズを紹介されて以後、僕の興味の対象は完全にポップアーティストに移り、独自に、ウォーホルや、トム・ウェッセルマン、後にラウシェンバーグと出会うことになった。

僕は毎日のようにグリニッジ・ビレッジを徘徊（はいかい）し、サイケデリックムーブメントのど真ん中で、今、目の前で起こっているこのヒッピームーブメントを脳細胞ではなく肉体細胞の中に取り入れて、自分自身をこの時代精神に洗脳させてしまいたいと思った。そしてこの経験をぜひ一柳さんとも共有したいと思って、彼が今までそれほど興味を示さなかった、サブカルチャーの世界に何とか、前衛音楽家を洗脳したいと、一柳さんをビレッジに誘い出して、今、現実に起こっているこのニューヨークの文化的カオスの中に誘導したいと思った。そして毎日のように２人でビレッジのヒッピーショップを訪ねて、フラワーチルドレンのシンボルでもある花柄のネクタイを買いあさった。驚いたことに一柳さんは１００本以上のネクタイを買った。２人の話題はこのヒッピームーブメントを何とか日本に紹介できないかと考え、帰国と同時に前衛芸術の拠点の草月会館で、サイケデリックショーを演出することにした。ネーミングは三島由紀夫の伝記を書いたジョン・ネイスンからサジェスチョンされて、「サイコ・デリシャス・ショー」として、赤坂にディスコ・ムゲンを作った浜野安宏の協力を得てステージにはバイクや、電子楽器、ダンサー、エレクトロニックな照明など、現代音楽とサイケデリックロックとポップアートなどを折衷した、かなりクレージーな舞台を演出したが、観客の誰ひとりも立ち上って踊る者もなく、舞台の喧騒に比べて客席は静まりかえったままだった。ニューヨークでたった今起こっているムーブメントは東京の若者には全く無関心を装われて、サイコ（最高）デリシャスが最低デリシャスになって完全無視。２人は愕然としてしまった。

その後もなんとかこのニューヨークの狂熱の空気を伝えたいという思いを諦め切れ

ず、一柳さんと大阪の11PMを一時間ハイジャックして、ライブでサイケデリックパフォーマンスを行ったり、カラーLPを製作して「一柳慧作曲・オペラ横尾忠則を歌う」では内田裕也とザ・フラワーズに出演してもらったり、11PMでの音源を再編集したり、高倉健さんに替え歌「網走番外地」を歌ってもらったりして、何とか日本の沈黙したままのサブカルチャーを発火させ、あの沸騰したニューヨークのサイケデリックを再現したいと努力した。一柳さんのヘアーも銀行員のスタイルから、マッシュルームカットに、コスチュームもフラワーチルドレンのヒッピーファッションに変身。変わらなかったのは日本のアングラ土俗的なサブカルチャーで、まだグループサウンズ全盛の時代だった。ニューヨークのサイケデリックムーブメントとは、水と油のようにどうしても融合してくれなかった。そして一柳さんとの交友もこれを機に、50年近く疎遠になってしまった。そんな一柳さんの突然の死に、一瞬言葉を失ったが、あの時代の魂は決して消えていないことを確信した。

真面目な芸術には魅力がない

「夢」というお題を鮎川さんにいただいたその夜、鮎川さんの運転する車に同乗して、山の中の道を走っている。やがて右手の茂みの中に通じる小径を発見したので、「ちょっと車を止めて森の中を散策しませんか」と鮎川さんを誘った。森の中は樹木に覆われていたが小径に沿って一段低いところに小川が流れていた。その時森の中から出て来た40がらみの男が僕に声を掛けた。「インドにいらしていた頃とちっとも変わりませんね」。（えっ、50年前と変わらないって、そう、僕は年を取らないことにしているんだ）。声には出さなかったが、まんざらでもない。

鮎川さんが「おそばが食べたいですね」と言うと、その見知らぬ男は、「ラーメンならありますよ」と言ったが、鮎川さんは彼を無視して、僕を促して車に戻った。そして再び森の中の道を走った。しばらく走ると、広々とした明るい高原に出た。何軒かのしゃれた家が点在している。もしかしたらおそば屋があるかも知れないと思ったが、急に高原の風景が、ジグソーパズルのように小さい断片として粉々になって、僕は半覚醒状態のままベッドの中で、夢を見ていたことに気づきました。

最近見る夢はこのような日常の延長とさほど変わらないものばかりで、昔のような超自然的なファンタジーに満ちた夢は皆目見なくなってしまったのです。夢は現実に対して虚構という二つの領域を所有することで人間は存在していると考えていました。また、そのことが生きていく上で必要不可欠であるとさえ思っていたのです。だから昼と夜の世界を行き来する愉(たの)しみがありました。

フロイトによれば、夢は無意識の願望の具現化したものだと言いますが僕は必ずしもそうだとは思いません。夢には虫の知らせなど、親族の死の際に、時には生前の姿で夢枕に立つこともあります。僕もその経験をしています。死者のことを無意識に願望していたわけではありません。この場合の夢はどちらかというと他者の想念がテレパシックされたものです。夢を何でもかんでも無意識の願望充足による自己表現だとするフロイトの考えには納得できません。中にはエドガー・ケーシーのように夢の超自然的な側面の予知能力によって、未来を予言したり、病人を治療する人もいます。

かと思うと、三島由紀夫さんのように夢を見ないという人もいます。三島さんは自分には無意識がないといいます。フロイト的に解釈すれば、無意識のない三島さんが夢を見ないのは当然ということになります。そういえば三島さんの「豊饒の海」で夢を見る青年の話がありますが、如何にも夢を見たことのない三島さんの小説です。夢は理不尽で、非論理的ですが三島さんの小説の夢は辻つまのあった実に論理的な夢です。フロイトの論理をそのまま絵に描いたような夢です。

夢の魅力はそのデタラメさです。フロイトを肯定的に考えれば、無意識はデタラメな性質を持っているということになりますかね。時には物凄く真面目な人がいます。頭はいいんでしょうが、ちっとも面白くない人です。つまりデタラメさの欠如した人です。全てデタラメでも困るんですが、人間は生きていく上でデタラメさがないと生きにくいように思います。芸術の魅力はそのデタラメさです。真面目な芸術など全く魅力がありません。芸術家はその人格の背後にデタラメな精神を必要とします。ということは、ここでデタラメな夢の性格と芸術は一致するのです。無意識と一致するかどうかはフロイト先生に聞いて下さい。

僕の昔の夢はデタラメそのものでした。このデタラメな夢が実は7年間も続いたのです。ところが、画家に転向すると同時にデタラメな夢に終止符が打たれ、その後、今日まで、日常の延長とちっとも変わらない夢ばかりになってしまいました。冒頭に紹介した鮎川さんとドライブする夢だって、あれをそのまま書けば普通のエッセイになります。どこにもデタラメさがないでしょう。フロイト先生なら「あれがお前の無意識の願望だよ」ということになるんでしょうかね。僕の無意識が鮎川さんと山中をドライブしたがっており、森の中で会った男が僕に50年前の僕と変わらない若さであると言う――。そりゃ、いつまでも若くいたいという願望を夢の中の男に語らせたのだとフロイト先生ならそう言って、「そーらごらん、君の願望通りの夢だろう。しかも森の中を流れる小川や、そばや、出現した男は、君の性的欲求が顕在化しているんだよ」とそれこそデタラメな夢判断をされるかもわからない。

あらあら、理屈ってヤですね。生きにくいですね。僕の夢のデタラメは現在、絵のデタラメの中に移植して生きています。そう思うことで、昔のデタラメだった時代の夢をノスタルジックに回顧しているんでしょうかね。知らんけど。

86歳で100作品の制作に挑戦、一年で達成

嵐山光三郎さんが「コンセント抜いたか」（「週刊朝日」連載コラム）で〈YOKOO・寒山拾得〉について触れておられます。お寺の境内いっぱいに拡げた紙に巨大なダルマの絵を公開制作した葛飾北斎についで僕は2人目の公開制作者だと自慢したら、篠原有司男（うしお）が屋外でボクサーまがいの格好で、筆こそ使わないがグローブに絵の具をつけて、画面に叩き描きをしていたという嵐山さんの報告で、僕は3番手の公開制作者になりました。さらに想い出すと、その昔、草月会館でロバート・ラウシェンバーグの公開制作を見物したことを突然想い出してしまって、僕は4番手に順位が下がってしまいました。と考えると、北斎と僕の間にも実は知らないだけで、公開制作者は世界にウジャウジャいるに違いないことを思い知らされたので、今回は話題を寒山拾得に振ることにしましょう。

実はこの9月に東京国立博物館で寒山拾得を百点描いて、「寒山百得」展と題した個展を開催することになりました。寒山拾得については森鷗外の同名の短篇小説が有名ですが、この2人の風狂の禅僧の存在は不確かで架空の人物では？　とさえ言われています。いろいろ調べてみましたが実在の人物としてはどうも怪しく、この2人は理念ではないかと僕は思っているのです。あるいは豊干（ぶかん）という唐の時代の禅僧が、こんなハチャメチャな自由人がいれば面白いだろうなあと想像して書いた彼の創作理念ではないのかとも考えています。まあ、ここではどっちでもいいことにしておきましょう。

「拾得」という名の中に数字を発見した僕は、じゃ、拾を百にして、「百得」にして、百枚の寒山拾得を描いてみようということで、体力のない体に負荷をかけることにしました。一番脂の乗っていた50〜60代でさえ1年に35点なのに86歳で百点に挑戦は無謀であることはわかっていますが、寒山拾得を理念だと思えば人智を越えるくらいのことは朝メシ前、アーティストを捨てて百刀流のアスリートになって、一人百様式で、一個人を複数の普遍の個になって、何しろわが文化国家の理念に徹すれば不可能は超越できる、とかなんとか寝言を言いながら、その間、急性心筋梗塞（こうそく）を患った上に、老体にムチを打って、下手な鉄砲数撃ちゃ当たる方式で、やってみたのです。すると展覧会まで9カ月を残して、実は1年で百点描けてしまったのです。

何でもありの理念の拾得は箒（ほうき）を跨（また）いで、トイレットペーパーを手にした寒山を背におぶってハリー・ポッターに扮（ふん）して空中を魔女のように飛んでいます。時にはロビンソン・クルーソーやドン・キホーテに扮して、したい放題やりたい放題、さらに変装の名人アルセーヌ・ルパンも登場します。

寒山拾得はどこにいるんや？　寒山拾得は釈迦の手の中の孫悟空、無辺なる宇宙至る所に万遍、出没します。寒山拾得、いや百得はもはや、どこにも存在し、どこにも存在しない非存在の存在者になってしまいました。お陰で僕から特定の様式が消滅してしまい、様式を喪失したそれこそ風来坊の放浪の画家になってしまいました。何でもありきの「わたくし」は私の自我捜しの旅に立つことになりましょうか？　いやいや、「われ思う、故にわれ在り」なんてどこにも存在しません。宇宙に存在する他のすべてからさえ独立する存在として認めていた自分は一体どこへ行ったのでしょう。

理念である寒山拾得、いや私の場合は百得でしたが、社会的存在としての自分が現実の社会にどう対処すべきかの自覚さえもはやどこへやら、と想うとやはり寒山拾得は運命的な出合いであったのかな、なかったのかな、それほど大層でもないことを、大層に考えるのが、僕の中のピーターパン気質、大人になりたくない症候群、まあ、そんなことでしょうか。

一度、嵐山さんに会って、「コンセント抜いたか」の立体版のお話を聞かせていただきたいと思います。嵐山さんこそ寒山拾得で、飄々（ひょうひょう）として今来たかと思うと、どこかへ行ってしまうその考え、行動の規準が世人とあまりにもかけ離れていて、つかみ所が無いコンセプト、間違いました、コンセントなんではないんでしょうか。嵐山さんの下駄履きはなかなか定まっており、従って悠然とした世間離れの印象を受けます。「週刊朝日」の休刊で、さてこのコンセントはどこのコンセントへ行くのでしょうか。

そうそう、嵐山さんは井伏鱒二の『寒山拾得』に触れておられます。ところが井伏さんは寒山拾得の持ち物を間違って書いておられます。まあ、このいい加減さが井伏さんらしく、また寒山拾得的でもあります。どうせ架空の人物です。どうだっていいんです。

第七章
人生はずっと遊び

自分が何を考えているのか、濃霧の中を歩いているようで茫漠としてよくわかりません。僕の絵はそのような状態を描いているのかも知れません。絵には言葉がないが、絵だって言葉にできないけれどれっきとした視覚言語だと思っています。言葉にできない言葉を絵という造型物で語ろうとしているのです。絵の伝達は面白い。見る人が、絵を見て、考えたり、思ったり、直感したりします。意味など考えなくて、いいのです。

絵は一瞬で世界を語ってしまいますが、文字や言葉にしないと「わからん」という人も結構多くいます。画家からすればそこが面白いのです。小説家は、どういうわけか悩むのが好きそうに見えます。悩んでなさそうな深沢七郎さんだって悩んでおられたのです。また小説家は本を書くことで征服したいんじゃないでしょうか。どうも文学者は作家論など書いて自分のものにして、乗り越えないと気が済まないんじゃないでしょうか。

画家は絵を描くことが遊びであると思っています。どうも文学者はそう思えないらしいです。画家は寿命が長いから、時間を持てあますから、つい遊びたくなるのです。

文学者は、寿命が短いと思っているので余裕がないのか、作品に遊びがたりないように思いますね。僕は関西人だから、ラテン系です。とにかく生活、仕事そのものを遊びと考えています。またふざけるのが大好きです。生きるのも軽く生きたいのです。だから画家には向いていています。悩むのが大嫌いです。悩む人はだいたい言葉で悩みます。

僕は子供の頃から、ラテン的体質を成長させるために、知的なメディアに対しては興味が持てなかったような気がします。知的なものに興味を持てば子供心に必要なラテン感覚がなくなってしまいます。だから本に興味がなかったのも、そのことが理由だったのかなと思います。

だけど、瀬戸内寂聴さんからお声がかかって、「週刊朝日」に往復書簡を連載することになりました。これは手紙だから、話し言葉の延長みたいなもの、苦になることはなかったです。話すように書けばいいので、相手が文学者であっても、そんなに緊張はしませんでしたが、文通を始めて2年ほどした頃、瀬戸内さんが病気になられて、とうとう帰らぬ人になってしまわれました。残された僕は、その後をついで、心の思うままの駄文を連載することになりました。

日頃、考えもしないことを、編集者の鮎川さんからお題をいただいて、それに答える形で今日まで書かせていただきましたが、突然、「週刊朝日」が100年の幕を閉じることになってしまいました。この連載を通して自分が日頃何を考えているかが、文章を書くことによって見えてきました。自分でも「へェー、こんなこと考えているんだ」と思うこともあって、この仕事は僕にとってはお仕事というより、お遊びであったように思います。

それが突然、休刊によって、お遊びを取り上げられてしまいました。1週間に1本というのは、僕にとっては、丁度いいローテーションで、毎週、2本のエッセイを入稿していましたので、〆切に追われることはなく、逆に編集者を追う形になっていたと思います。これも僕の遊びです。1週間単位でエッセイを連載したのは、「週刊朝日」が初めてでした。最初は、「書けるかな」と腰が引けていましたが、この仕事は絵を描くサイクルと丁度上手く噛(か)み合って、仕事と生活のリズムを作ってくれました。

それが、今回でこのリズムが狂ってしまうのです。絵だけを描いている作業は、健康によくなく、こうして、週イチでエッセイを1本書くことで、絵も上手く回転してくれていましたが、「週刊朝日」の休刊で、そのリズムが破綻をきたしたのです。

戦後薄っぺらい「週刊朝日」がわが家に1冊あったのを記憶しています。表紙は洋画家の絵だったように記憶しています。その後、今日まで、「週刊朝日」には縁がなかったように思います。一度、林真理子さんに呼ばれて対談をしました。10年ほど前には田原総一朗さんとの対談がありました。似顔絵に一、二度登場したりもしましたが、他に思い出すことは20歳の頃、読者欄にカットを投稿してそれが掲載されたという古い想い出がひとつありました。それにしてもあまりご縁のなかった「週刊朝日」で瀬戸内さんとの連載が始まった時は、夢のようでした。朝日新聞出版の他の雑誌には色々とご縁がありました。「朝日ジャーナル」や「AERA」の表紙を描いたり、「アサヒグラフ」や「AERA」の表紙に出たりはしましたが、連載の仕事は「朝日ジャーナル」に短期のイラスト時評ぐらいです。

「週刊朝日」の連載者は千回を超えた執筆者が何人もおられます。すると先がそんなに長くない僕でも、もしかしたら死ぬ週まで連載ができるかな、と期待を抱いていましたが、僕より先に「週刊朝日」が逝ってしまいました。最近は重要な人達の逝去が多すぎます。その理由は、この社会に対する反省と自律を促しているように思いますが、「週刊朝日」の休刊も例外ではなさそうに思いますが如何でしょうか。

ブックデザイン　鈴木成一デザイン室
ＤＴＰ　株式会社千秋社
校正　有限会社くすのき舎
編集　村嶋章紀

著者 横尾忠則（よこお・ただのり）

1936年兵庫県生まれ。現代美術家。1972年ニューヨーク近代美術館で個展。その後もパリ、ヴェネツィア、サンパウロなど各国のビエンナーレに出品し、国内外の美術館で個展を開催。2012年には兵庫県立横尾忠則現代美術館、2013年には豊島横尾館を開館。主な受賞、綬章に毎日芸術賞、ニューヨークADC殿堂入り、紫綬褒章、旭日小綬章、朝日賞、高松宮殿下記念世界文化賞など。令和2年度東京都名誉都民顕彰、2023年日本芸術院会員、文化功労者に選ばれる。著書には小説『ぶるうらんど』（泉鏡花文学賞）、『言葉を離れる』（講談社エッセイ賞）、小説『原郷の森』など多数。

二〇二四年一二月三一日　初版第一刷発行

飽きる美学

著者　横尾忠則　発行者　岩野裕一　発行所　株式会社実業之日本社　〒一〇七-〇〇六二　東京都港区南青山六-六-二二　emergence 2　電話（編集）〇三-六八〇九-〇四七三（販売）〇三-六八〇九-〇四九五　https://www.j-n.co.jp/　印刷・製本　TOPPANクロレ株式会社

 ISBN978-4-408-65124-8（第二書籍）